목마 퓨전 판타지 장편소설
WISHBOOKS FUSION FANTASY STORY

목마 퓨전 판타지 장편소설

초판 1쇄 찍은 날 | 2019년 7월 8일
초판 1쇄 펴낸 날 | 2019년 7월 15일

지은이 | 목마
펴낸이 | 예경원

기획 | 위시북스
편집책임 | 이규재
편집 | 위시북스

펴낸곳 | 예원북스
등록번호 | 제396-2012-000132호
등록일자 | 2012. 7. 25
KFN | 제1-435호

주소 | 경기도 고양시 일산동구 호수로 646-24 위너스21॥빌딩 206A호 (우)10401
전화 | 031-819-9431 팩스 | 031-817-9432
E-mail | yewonbooks@naver.com

ISBN 979-11-6424-584-0 04810
      979-11-6424-342-6 (set)

Wish Books

무왕을 배우다

3

목마 퓨전 판타지 장편소설
WISHBOOKS FUSION FANTASY STORY

CONTENTS

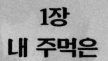

1장
내 주먹은

눈앞의 상대는 명백한 살의를 갖고 있다.

그렇다면 주저할 필요는 없다.

백현은 철혈궁의 사신장 중 하나인 유기가, 사신장 중 몇 번째로 강한지 조금 궁금하기도 했지만, 굳이 그것을 묻지 않기로 했다.

피가 끓는 것만 같았다.

먼저 움직인 것은 백현이었다. 선공을 양보한다거나 하는 웃기는 짓은 하지 않았다.

유기의 시야에서 백현의 모습이 잔상조차 남기지 않고 푹 꺼지듯 사라졌다. 유기는 놀라지 않고 즉시 몸을 비틀었다.

쩌엉!

허공에서 튀어나온 백현의 발길질과 유기의 팔뚝이 부딪쳤다. 공간이 크게 한 번 울리고, 주변에 흩어진 천둥새의 머리가 완전히 가루가 되었다.

인사차 나눈 일격 너머로 백현이 히죽 웃었다.

유기는 싸늘한 눈으로 백현을 노려보았다. 네 개나 되는 눈은 그만큼 많은 것을 보게 해준다. 유기는 백현의 몸 안에서 들끓고 있는 파괴적인 힘을 꿰뚫어 보았다.

'인간이…… 아니군…….'

하긴, 정말 평범한 인간이었다면 벌레라고는 해도 예비 사도인 박준환을 죽일 수 있었을 리가 없다. 짧게 시선이 오간 뒤 맞닿은 둘의 사이가 멀어졌다. 백현의 허리가 비틀렸다.

파바바박!

백현의 두 다리가 수백 개의 잔영을 만들었다. 모든 공격이 눈속임 따위가 아니라 확실한 실초. 채찍처럼 낭창거리는 각법을 상대로 유기의 양팔이 나섰다.

네 개의 눈동자가 서로 다른 방향으로 움직이며 발길질의 궤적을 쫓는다.

쿠르르릉!

유기에게서 벽력이 우는 것 같은 소리가 났다.

쉭!

유기의 주먹이 발길질의 틈을 노리고 들어왔다.

그 순간에 백현은 당혹감보다 큰 즐거움을 느꼈다. 백현의 몸이 허깨비처럼 꺼졌다. 땅으로 내려온 백현은 유기의 품 안으로 파고들면서 두 주먹을 쥐었다.

쫘, 쫘앙!

짧게 끊어 내지른 주먹이 유기의 가슴팍을 때렸다. 하지만 유기의 몸은 조금도 뒤로 밀려나지 않았다. 오히려 타격을 가한 백현이 주먹에 저릿함을 느꼈다.

철혈궁의 사신장 중 하나, 금강신장(金剛神將). 유기의 육체는 무인들이 허세로 떠들던 금강불괴(金剛不壞)가 아닌 진짜 금강불괴였다.

그렇기에 유기는 호신강기를 사용하지 않는다. 그의 육체는 세상 그 무엇보다 단단하다.

"하!"

주먹의 저릿함을 느낀 것이 얼마 만이던가?

백현은 짧은 웃음을 터뜨렸다.

유기가 들었던 팔을 아래로 내려찍자, 백현이 발을 움직였다. 그리고 천하오인 중 가장 신비롭던 천상기린의 보법. 유희일탈(遊戱逸脫)을 펼쳤다.

쫘아앙!

유기의 왼팔이 지면을 내리찍었다. 그 일격으로 천둥새의 시체가 완전히 소멸했고 땅이 푹 꺼졌다. 하지만 백현은 그곳에 없었다. 유기는 숙였던 몸을 일으키며 고개를 돌렸다.

"금강불괴?"

백현은 조금 떨어진 곳에서 두 주먹을 털며 유기를 보고 있었다. 여전히 가슴은 두근거렸다.

여태까지와는 다르다. 화천 어비스의 몬스터들도, 귀면주의 여왕도, 박준환도, 천둥새도. 처음에는 가슴이 두근거렸지만, 시작하고 몇 수의 공방을 교환하다 보면 금세 흥분이 식었다. 너무 쉬워서, 재미가 없어서였다.

하지만 지금은 아니었다.

벌써 유기와 몇 수의 공방을 나누었는데도 아직까지 흥분이 가라앉지 않는다. 파천신화공이 사성이 되고, 마혼의 주한오와 다른 천하오인을 쓰러뜨린 후로 이런 기분을 느낀 적은 단 한 번도 없었다.

파천신화공이 오성이 되었을 때는…… 내심 두려움을 느꼈었다. 앞으로 다시는 그때의 즐거운 흥분을 느끼지 못하는 것이 아닐까 하는 두려움.

'아니었어.'

돌아오기를 잘했다.

백현은 진심으로 그렇게 생각했다. 설마 고향으로 돌아와서 이렇게 근접전을 펼칠 날이 오게 될 것이라고는 상상도 못 했다. 아니.

'여긴 고향이 아니지.'

어비스다.

유기는 백현의 질문에 천천히 머리를 끄덕거렸다.

유기의 금강불괴는 무령에게 받은 권능을 그 본인이 지고의 세월 동안 갈고닦아 완성한 것이었다. 그렇기에 유기는 자신의 육체에 큰 자부심을 가지고 있었다.

유기가 고개를 끄덕거리는 것을 본 백현은 파르르 떨리는 주먹을 꽉 쥐었다. 단전에서 내공이 일어났다. 전신으로 퍼져 나간 내공이 백현의 몸을 더욱 강인하게 만들었다.

천하이십대 고수들은, 모두가 호신강기 없이도 금강불괴를 논할 정도로 강인한 육체를 가지고 있었다.

하지만 그들이 정말 금강불괴였을까?

금강불괴는 허상이다. 만독불침과 마찬가지다. 만약 세상에 정말로 금강불괴를 완성한 고수가 있다면, 그야말로 천하제일이었을 것이다. 하지만 천하제일인인 스승, 무신마 주한오는 금강불괴의 존재를 부정했다.

본좌의 힘으로 부수지 못할 것은 없었다.

본좌의 몸뚱이도, 본좌의 힘으로 때린다면 부술 수 있다.

절대로 부서지지 않는 것이 금강불괴라고들 하는데, 부서진 순간 금강불괴는 금강불괴가 아니게 되는 것 아니냐.

권성은 자신의 주먹은 금강불괴조차 부술 수 있다고 웃으며 떠들곤 했다. 그만큼 권성의 금강괴폐는 위력적이었다. 하지만 스승이 말한 것처럼, 부술 수 있다면 금강불괴는 금강불괴가 아니게 된다.

내 주먹은 금강불괴를 부술 수 있을까.

그것이 궁금하고 기대되어 참을 수가 없었다.

단전에서 일어난 내공이 눈에 보이는 강기가 되어 백현의 몸을 휘감았다. 백현은 작게 심호흡을 하며 천천히 앞으로 걸었다.

유기도 다가오는 백현을 맞이하며 걸어나갔다. 검은 강기에 휘감긴 백현의 두 주먹이 들렸다. 유기는 주먹을 들지 않고 걸음의 속도를 높였다.

쿠웅!

유기의 발이 땅을 크게 내려찍었을 때, 그의 몸은 공간을 뛰어넘어 백현의 바로 앞까지 도달했다. 그리고 그 순간에 백현의 주먹은 이미 출수되어 있었다.

쿠우웅!

권성이 자랑하던 금강괴폐의 일권이 유기의 가슴을 때렸다. 유기의 몸이 순간 멈칫 굳었다. 하지만 그의 표정은 미동도 없었다. 금강괴폐는 유기의 금강불괴를 부수지 못했다. 하지만 유기는 내심 방금의 일권에 조금 놀랄 수밖에 없었다. 고작해야 주먹이 이 정도의 위력을 내포하고 있을 것이라 생각지도 못했기 때문이다.

백현도 일권으로 부술 것이라는 기대는 하지도 않았다. 어깨가 들썩거렸다.

백현은 무기를 쓰지 않는다. 도원경에서 보낸 20년 동안 사용한 무기는 몸뚱이와 강기뿐이었다. 처음 맨몸으로 싸움을 했을 때는 자신도 없었다. 천무성이라는 이야기를 듣긴 했지만 별 자각이 없었으니까.

아주, 아주 많은…… 실전을 겪으면서. 많은 실전, 많은 승리, 많은 죽음, 경험, 배움, 성장, 스승의 조언……. 어떻게 할지 보고, 듣고, 겪어가며 생각하고 학습했다.

멈칫거린 틈? 충분하다. 근접전에서 중요한 것은 얼마나 멀리 볼 수 있느냐다. 움직임을 예측하고 의도해야 한다. 상대를 찰나나마 주춤하게 할 수 있다면 더할 나위 없다.

찰나. 백현에게는 충분히 긴 시간이다. 상대보다 멀리 볼 수 있다면 주도권을 손에 쥘 수 있다.

일격으로 부수지 못해도 상관없다. 부수지 못할 정도로 단단하다면 부서질 때까지 때리면 된다. 내가 부수지 못하는 것은 없다.

백현은 확고한 믿음으로 무장하고서 허리를 비틀었다. 무언가를 직감한 유기가 급히 손을 들어 올렸다.

쫘아앙!

백현의 주먹이 유기의 몸을 때렸다. 급히 손바닥을 들어 막았지만, 유기의 몸이 뒤로 붕 떠올랐다. 이번에도 부수지 못했다. 때린 주먹이 아릿했다. 상관없이 몸을 날려 유기의 뒤를 쫓았다.

뒤로 날아오른 유기는 조금 떨어진 땅에 착지하고서 양팔을 활짝 펼쳤다.

쿠르르릉!

유기의 몸에서 다시 한번 벽력음이 울렸다.

찌직, 찌지직!

유기의 몸이 회백색 기류에 휘감겼다.

콰앙!

유기와 백현이 충돌했다. 서로 다른 기질의 강기가 맞부딪쳐 공간을 뒤흔들었다.

백현은 유기의 어깨가 움직이는 것을 보았다. 그 즉시 거리를 좁혀가면서 팔꿈치를 들어 유기의 명치에 때려 박았다.

유기가 반걸음 뒤로 물러섰다. 그리고 양손을 들어, 품 안으로 들어온 백현을 끌어당겼다.

백현은 그대로 땅을 박차고 위로 도약해 무릎으로 유기의 턱을 갈겼다. 제대로 타격이 들어갔다.

뇌가 흔들리다 못해 곤죽이 되어야 옳을 위력이었지만, 유기는 휘청거리지도 않았다. 타격의 순간에 일부러 머리를 들어 위력을 최대한 줄인 것이다.

백현은 자신을 노려보는 네 개의 눈동자를 보며 오싹한 즐거움을 느꼈다. 그리고, 그대로 공중에서 허리를 틀어 유기의 머리를 걷어찼다.

그러자 유기가 팔을 들어 백현의 다리를 막았다.

타악.

가벼운 소리가 났다. 위력이 없는 발차기였다.

유기의 눈이 움찔 떨렸다.

백현의 발꿈치가 세워졌다. 그는 유기의 팔에 발을 걸치고, 다리를 축으로 삼아 공중에서 한 바퀴 돌았다. 반동 없이는 불가능한 움직임이지만, 내공을 자유자재로 다루는 백현에게 반동 같은 것은 필요 없었다.

쫘직!

회전해 날아온 백현의 무릎이 유기의 관자놀이를 찍었다. 이번에는 유기의 몸이 크게 휘청거렸다. 두개골을 박살 낼 위력이었지만, 유기가 보인 반응은 조금 비틀거리는 것이 전부였다.

더.

백현은 그런 기분을 느끼며 공중으로 붕 떠올랐다. 양손이 꽉 쥐어졌다. 연타를 날렸다. 때리고, 때리고, 또 때렸다.

꽈드드득!

연타의 위력에 유기가 딛고 있던 지면이 무너져 내렸다. 유기의 몸은 여전히 부서지지 않았지만, 그가 딛고 있는 땅은 유기가 버텨내는 충격을 버티지 못했다.

유기는 뿌득 이를 갈면서 백현의 허점을 노렸다.

보였다.

즉시 그 틈을 향해 손을 쭉 밀었다.

노렸다.

백현은 파고들어 오는 유기의 주먹을 향해 활짝 편 손을 마주 뻗었다. 맞닿은 순간 백현의 손이 뱀처럼 유기의 주먹을 타고 올랐다.

터억!

백현의 손바닥이 유기의 팔오금을 짚었으나, 주먹이 뻗어지기도 전에 막혔다.

백현은 오른쪽 주먹의 중지를 세워 유기의 인중을 내리찍었다. 유기의 머리는 뒤로 젖혀지지 않았지만, 중지의 위력도 일점에 모여 흩어지지 않았다.

으직.

유기의 눈이 찡그려졌다. 그는 곧바로 반대쪽 손을 휘둘러 백현의 몸을 때리려 들었으나, 백현의 몸은 허깨비처럼 사라졌다.

'어디……'

유기의 눈이 백현을 쫓았다. 순간적으로 느낀 '통증'에 움직임을 쫓는 것이 조금 늦었다.

꾸우웅!

백현의 두 주먹이 유기의 명치와 목젖을 동시에 가격했다.

"컥!"

유기의 입이 쩍 벌어졌다.

쩌적.

조금 더 큰 소리가 났다.

하지만 백현은 그 소리를 듣지 않았다. 유기가 반걸음 뒤로 물러섰다. 백현은 그만큼 앞으로 나아가면서 주먹을 휘둘렀다. 금강괴폐의 주먹이 유기의 명치를 한 번 더 때렸다.

빠직.

소리가 더 커졌다.

유기가 손을 휘둘러 백현을 떨쳐내려 했지만, 유기의 반응은 늦었고, 백현은 빨랐다.

다시 한번 금강괴폐가 유기의 명치에 처박혔다. 유기의 몸이 들썩거리더니 기역 자로 접혔다. 숙여진 머리를 양손으로 잡고 무릎을 유기의 안면에 처박았다.

유기가 손을 휘저어 백현의 몸을 밀쳐내려 했다. 그러자 백현은 유기의 머리카락을 단단히 잡고 그의 몸을 뜀틀 삼아 뛰어넘었다.

개새끼야!

사라와 싸울 때가 생각났다. 그녀는 새하얀 백발이 샴푸 모
델을 해도 될 정도로 찰랑찰랑 길었는데, 그 긴 머리는 예쁘긴
했어도 싸울 때는 굉장히 불편했다. 백현은 사라와 대련할 때
마다 그 긴 머리를 손으로 쥐어 잡고 사라를 두들겨 패곤 했
었다. 그럴 때마다 사라는 속수무책으로 얻어맞으면서 비겁하
다고 욕을 해댔다.

그러면 차라리 빡빡 밀지그래?

언젠가 그런 말을 했더니, 사라는 엉엉 울었다. 그 뒤로는
뭔가 미안한 기분이 들어 사라의 머리채를 잡지 않았다.
하지만 유기는 사라와 달리 미안할 것이 조금도 없었다. 백현
은 유기의 머리카락을 왼손에 휘감아 잡고서 홱 잡아당겼다.
"큭!"
유기의 머리가 백현이 당기는 대로 끌려왔다. 그는 키가 백
현보다 컸기 때문에, 백현이 머리카락을 꽉 잡자 엉거주춤한
자세로 상체를 숙일 수밖에 없었다.
백현이 꽉 쥔 주먹을 유기의 안면에 꽂아 넣자, 그 일격에 머

리가 젖혀지면서 머리카락이 모조리 뽑혀 나갔다.

"으아아아!"

유기가 고함을 질렀다.

머리가 뽑혀서 화가 난 걸까, 아니면 이런 지저분한 싸움에 화가 난 걸까.

백현은 여전히 즐겁기만 했다. 유기가 일으킨 힘은 끔찍할 정도의 살의를 내포하고 있었지만, 백현은 그 살의를 마주하고서도 오직 기쁨만을 느끼고 있었다.

그리고 또.

더, 더.

백현은 가속되는 사고 속에서 미칠 것 같은 갈증을 느끼고 있었다. 갈증만큼 그는 더 바라고 갈망했다.

더 빠르고, 더 강하게.

휘몰아치는 연타 속으로 몸을 날렸다.

금강불괴는 허상이다. 백현은 스승인 주한오의 말을 무조건 믿지는 않았다. 주한오는 주한오고 백현은 백현이니까. 하지만, 금강불괴에 대해서는 백현도 주한오와 똑같이 생각했다.

어쩌면 유기는 진짜로 금강불괴일지도 모른다. 하지만 오늘부터는 아닐 뿐이다. 금강불괴는 절대로 부서지지 않는 것이니까.

그러니까 더, 더 강하게. 더 무겁게. 더 빠르게.

확신은 처음부터 있었다. 처음의 일권이 유기의 몸을 때렸을 때. 놈의 몸이 단단하다는 것을 알고, 오랜만에 주먹의 아릿함을 느끼고, 금강불괴냐는 물음에 유기가 머리를 끄덕거렸을 때.

그때부터 백현은 확신을 갖고 있었다.

'내 주먹은.'

유기의 명치에 백현의 주먹이 처박혔다. 몇 번째인지도 모를 주먹이었다. 유기의 입이 다시 쩍 벌어졌다.

꽈지지직.

이번의 소리는 백현도 들을 수 있었다.

금강불괴가 박살 나는 소리였다.

유기는 불신과 경악, 그리고 내장이 으스러지는 것 같은 격통을 동시에 느꼈다. 하지만 유기의 육체는 여전히 강건했다. 그는 얼굴을 일그러뜨리면서 양 주먹을 크게 휘둘렀다.

꽈르르릉!

폭발이 일었다. 쩌렁쩌렁 울리는 폭음과 함께 유기의 주변이 통째로 소멸했다.

그 순간에 백현은 유희일탈로 그 공간을 벗어났다. 그리고 풍신이 재래했다. 순식간에 펼친 풍신천주가 공간을 관통했다. 채 소멸하지 않은 벽력기가 풍신천주가 몰고 온 폭풍에 갈기갈기 찢겼다.

유기는 초고속으로 다가오는 백현을 향해 고함을 지르며 양손을 펼쳐 앞으로 뻗었다.

꽈아아앙!

유기의 몸이 대형버스에 치인 사람처럼 튀어 날아갔다. 유기는 전신이 박살 나는 것만 같은 아찔한 통증을 느끼며 허공에서 몸을 비틀었다.

낭아천섬을 온몸에 휘감은 백현이 풍신천주를 펼쳐 유기를 추격했다.

"놈……!"

유기는 끓는 듯한 외침을 토하며 내공을 끌어 올렸다. 금강불괴 위에 견고한 호신강기가 덧씌워졌다.

유기의 장기는, 금강불괴만이 아니다. 무령에게서 받은 권능인 무불마하신광(武佛摩訶神光)이 극성으로 운용되었다. 네 개의 눈동자가 번쩍거리는 안광을 내뿜었다.

쒸이이잉!

충돌 직전에 유기의 몸이 불가사의한 움직임을 보이며 풍신천주를 회피했다. 유기는 양손을 모아 합장하고서 붕괴하는 땅 위에 섰다.

백현은 공중에 우뚝 멈추어 서서 유기를 내려 보았다.

"그건 뭐야?"

"인간에게…… 권능을 쓰게 될 줄이야……!"

유기는 큰 수치를 느끼면서 내뱉었다. 그 말에 백현은 헛웃음을 터뜨리며 말했다.

"쓸 수도 있지. 뭐가 부끄럽다고 그래?"

"네놈이 무엇을 알고 떠든단 말이냐? 나는 철혈궁의 사신장이자 무령 님을 수호하는 방패……! 이 무공은 너 따위에게 사용하기 위해 수행한 것이 아니다!"

"뭐 얼마나 대단한 것이라고 의미를 부여한담."

"닥쳐라……!"

백현의 이죽거림에 유기가 고함을 질렀다. 그는 네 개의 눈을 부릅뜨고서 백현을 노려보았다. 이 힘은 심연(深淵)의 왕좌(王座)와 그 권속들에게 대적하기 위한 것이지 이깟 일에 쓰기 위한 것이 아니었다.

"그래도 다행이야."

백현은 손을 쥐었다 펴면서 중얼거렸다.

'다행이라고?'

유기는 순간 두 귀를 의심했다.

유기의 시선을 받은 백현은 멋쩍게 웃으며 대답했다.

"지금까지도 충분히 재미있었지만, 그래도 좀 아쉬웠거든."

"……뭐라고……?"

"철혈궁의 사신장이라며? 그러면…… 네가 철혈궁에서 무령 바로 아래로 네 번째에는 든다는 것이지? 그런 위치에 있는 녀석이 금강불괴뿐이라면 좀 싱겁잖아. 아니다, 이제는 금강불괴라고 할 수도 없지."

백현은 히죽 웃으며 꽉 쥔 주먹을 들어 유기에게 내밀어 보여주었다.

"부서졌잖아."

유기의 몸이 부들거리며 떨렸다. 이런 모욕은 처음이었다.

'싱겁다…… 싱겁다고?'

쿠르르릉!

극성으로 운용된 무불마하신광의 빛이 유기의 몸을 완전히 뒤덮었다. 유기의 몸이 불안정한 지면에서 둥실 떠올랐다.

"나는…… 철혈궁의 사신장. 금강신장 유기다. 철혈궁의 가장 바깥을 지키는 성벽이자 무령 님을 지키는 방패가 바로 나다."

뿌드득.

유기가 이를 갈며 말했다.

"네 힘을 인정하마. 너는 인간이면서 인간의 힘을 아득히 뛰어넘었구나……. 하지만 너는 이곳에 오지 말았어야 했다……!"

"아냐."

백현은 고개를 저었다.

"오기를 잘했어."

쒸이잉!

무불마하신광에 휘감긴 유기의 몸이 움직였다. 유기는 합장을 풀지 않고 허리를 꼿꼿이 세운 자세로 공간을 뛰어넘었다.

백현이 보기에는 굉장히 불편해 보이는 비행이었지만, 유기의 움직임은 아까와 마찬가지로 불가사의하기 짝이 없었다. 네 개의 눈에서 안광이 뿜어졌고, 무불마하신광의 빛이 강렬하게 폭사했다.

푸확!

유기의 몸이 수십으로 분열했다. 그들 모두가 단순한 분신이 아니라 실체를 가진 진짜였고, 극환(極幻)의 신예라 할 만했다. 그들은 서로 다른 방향을 점하고서 백현을 향해 뛰어들었고, 백현은 머뭇거림 없이 양손을 펼쳤다.

주먹으로 깨부수겠다는 생각에 강기공의 사용을 절제하고 있었다. 하지만 금강불괴를 주먹으로 부수었으니, 더 이상 절제할 필요는 없었다.

유기가 환으로 나온다면 백현도 보여줄 만한 기술이 있었다. 천하이십대 고수 중 하나, 암령(暗令)의 절기.

유령귀곡무(幽靈鬼哭舞).

양손을 펼치고 선 백현의 몸이 아지랑이처럼 흔들렸다. 백현이 한 걸음 걸었을 때.

끼이이이이!

심령을 뒤흔드는 소름 끼치는 소리가 울렸다. 천천히 앞으로 걷는 백현의 몸이 쭈욱 길게 늘어났다.

파바밧!

수십으로 나뉜 백현의 몸이 사방으로 흩어졌다. 유기의 분신과 백현의 분신이 격돌했다.

"하하하!"

유기가 웃음을 터뜨렸다. 무불마하신광의 투불분신(鬪佛分身)에 비해 백현의 분신은 조잡하기 짝이 없었기 때문이다. 실제로 백현이 유령귀곡무로 만들어낸 분신은 유기의 분신들을 당해내지 못했다.

그중 유별나게 강한 분신이 보이자, 유기는 합장하고 하늘을 가로질러 그쪽으로 날아갔다. 당연히 저 분신이 백현의 본신이라 생각한 것이다.

유기가 주먹을 내질러 분신을 때리려는 순간.

인형잔해(人形殘害).

콰콰콰쾅!

얽히고설켜 싸우던 분신들이 하나도 남지 않고 모조리 폭발했다. 시커먼 강기의 폭류가 하늘을 수놓았다. 사방에서 밀려드는 폭발에 유기의 몸이 크게 흔들렸다.

백현은 공간의 틈에서 무아신형(無我神形)을 통해 모습을 드러냈다. 유령귀곡무가 내공으로 분신을 만들어 상대를 압박한다면, 인형잔해는 분신을 일제히 폭발시킨다.

그리고 무아신형은 초고수의 감각마저 속일 수 있는 은신법이다. 암령과 싸울 적에는 유령귀곡무와 인형잔해를 파훼하는 것보다는 무아신형으로 숨은 암령을 찾아내는 것이 훨씬 더 힘들었다.

"크……!"

유기의 얼굴이 일그러졌다. 그는 손을 크게 휘둘러 하늘을 뒤덮은 폭연을 휩쓸어 치워냈다.

그 즉시 백현이 유기를 덮쳤다.

유기는 급히 몸을 뒤틀어 백현을 향해 일장을 내질렀다. 미륵대수인(彌勒大手印)이 펼쳐졌다. 유기의 손바닥을 뒤덮은 장력이 세상 전체를 짓누를 정도로 커졌다.

백현의 몸이 학살연무강에 휘감겼다. 학살연무강이 풍신천주, 낭아천섬과 연계되었다. 끔찍한 위력을 내포한 쾌속의 질주가 미륵대수인과 정면으로 충돌해 찢어버렸다.

유기가 헉하고 숨을 삼켰다. 그는 반대쪽 손으로 다시 한번 미륵대수인을 내려찍었지만, 백현의 질주를 저지하지 못했다. 결국, 유기는 양손을 가슴 앞에 모았다.

쒸이잉!

다시 한번 유기의 몸이 불가사의한 움직임을 보였다. 유기의 몸이 무불마하신광에 휘감기더니, 종이 한 장 차이로 충돌을 벗어났다. 무불마하신광의 정수라 할 수 있는 삼계유행(三界遊行)은 그 어떤 위기도 모면하게 만들어준다.

'정(靜)에서 쾌(快). 전환의 폭발력이 경이적이야. 저런 무공도 있구나!'

소림의 금강부동신법을 더 빠르게 보완한다면 저럴까. 백현은 공중에서 멈추어, 학살연무강을 휘감고 유기에게 달려들었다.

유기는 합장을 풀지 않고서 백현이 자신의 거리까지 다가오는 것을 지켜보았다.

쒹!

백현이 손을 뻗었을 때, 유기의 몸이 사라졌다. 또다시 펼쳐진 삼계유행이 유기의 몸을 위기에서 벗어나게 만들었다.

백현의 품 안으로 파고든 유기가 합장을 풀고 일장을 내질렀다. 유기가 내지른 일장이 백현의 가슴을 때렸다.

'맞았다.'

맞지 않았다.

일장이 닿는 순간 펼친 이형환위가 유기의 눈을 현혹했다. 유기는 내지른 손바닥이 아무것도 때리지 못했음을 깨달았지만, 그가 또다시 삼계유행을 펼치기 전에, 그의 뒤에서 백현이 양손 사이에 모인 빛을 터뜨렸다. 구천멸살의 빛이 유기의 시야를 뒤덮었다. 공간을 잠식해 가는 어둠이 유기의 몸을 덮었다.

유기는 그 끔찍한 위력을 간파하고 숨을 헉 삼켰다. 삼계유행으로 벗어나기에는 늦었다. 유기는 급히 무불마하신광의 방어절초인 만연비궁(萬蓮秘宮)을 펼쳤다. 그러자 유기의 몸을 휘감은 강기가 영롱한 빛을 발하는 만 개의 연잎이 되어 그의 몸을 둥글게 휘감았다.

너무 큰 폭발과 충격에 소리조차 들리지 않았다. 만 개의 연잎이 찢겼고 그 보호를 받던 유기의 의식이 뒤흔들렸다.

'이게 강기공이라고······? 단순한 강기공이 이만한 위력이란 말인가?'

철혈궁의 신장은 초월자의 격을 갖는다. 그중 철혈궁의 성벽이자 무령의 방패인 유기는 그 어떤 신장보다 견고하고, 그가 제대로 펼친 방어절초인 만연비궁은 같은 신장들조차 쉬이 깨부술 수 없다. 그런데 그 만연비궁이, 고작 인간이 펼친 강기공에 찢겨지고 있었다. 그건 있을 수 없는 일이었다.

인간의 무공. 절대성은커녕 초월조차 했는지 의문인 무공이, 어떻게 만연비궁을 찢을 수 있단 말인가?

유기는 이를 악물면서 의식을 집중했다. 백현의 구천멸살은 위력적이었지만 만연비궁을 완전히 꿰뚫지는 못했다. 유기는 만연비궁의 방어를 믿고서 무불마하신광의 최종오의를 준비했다. 가부좌를 틀고 앉은 유기의 전신이 환한 금빛에 휘감겼다. 찢긴 만연비궁의 틈 사이로 금색 광채가 넘실거렸다.

망아생불화(忘我生佛化).

네 개의 눈동자에서 금빛 광채가 터져 나왔다. 망아생불화의 찬란한 빛이 구천멸살의 어둠을 밝혔다. 그건 긴 밤이 지나 찾아온 여명의 빛이었다.

유기는 만연비궁의 안에서 천천히 양손을 움직였다.

잠시 후, 유기는 자기 자신을 잊고 생불이 되었다.

백현은 구천멸살이 밀리는 것을 보며 즐거운 웃음을 터뜨렸다.

백현의 양 손가락이 우둑거리는 소리를 내며 굽혀졌다. 그는 양손을 들어 허공을 쥐어뜯듯 앞으로 뻗었다. 백현의 손아귀 안에서 시커먼 빛이 모여 회오리쳤다.

'설마 이것까지 쓰게 할 줄이야.'

백현은 기쁜 마음으로 생각하며 입술을 달싹거렸다.

"멸원광도(滅原狂道)."

투전마라의 최종오의가 펼쳐졌다.

굽힌 손아귀 안에서 회오리치던 빛이 푹 꺼지듯 사라졌다. 마치 시간이 멈춘 것만 같았다.

유기는 여전히 가부좌를 틀고 앉아 있었고, 그의 전신은 망아생불화의 광채에 휘감겨 있었다. 전신에 소름이 돋고, 등줄기가 식은땀으로 축축이 젖고, 심장이 터질 듯 빨리 뛰고……. 광기의 격류가 유기의 정신을 뒤흔들었다.

유기의 코와 입에서 시커먼 피가 뿜어졌다. 푹 꺼져 사라졌다고 생각한 시커먼 빛이 망아생불화의 광채를 잡아먹었다.

"아아아아!"

유기는 만연비궁의 안에서 처참한 비명을 질렀다. 그가 펼친 망아생불화는 정면에서 깨져 무너졌고, 그로 인한 내상이 유기의 몸 안을 갈기갈기 찢어놓았다. 하지만, 차라리 죽는 것이 나을 것 같은 고통 속에서도 유기는 정신을 붙잡았다. 망아생불화와 먼저 충돌한 덕에 멸원광도는 만연비궁을 무너뜨리지 못했다.

'놈은 전력을 다하고 있다. 이만한 공력을 쏟아냈다면 금세⋯⋯.'

"버텨?"

높은 목소리였다.

즐거워 어쩔 줄 모르겠다는 목소리. 너무 재밌어서 견딜 수 없다는 감정이 그대로 전해지는 목소리가 유기의 몸을 오싹하게 만들었다.

백현의 내공 총량이 많기는 하지만, 그렇다고 무한한 것은 아니다. 파천신화공은 내공심법으로서도 신공절학이라 할 만했고, 도원경은 기가 굉장히 풍부한 곳이었지만, 백현이 내공심법을 수행한 시간은 20년에 지나지 않는다. 도중에 선도를 먹어 일백 년 분의 내공을 얻기는 했어도, 영약을 무수히 먹고 백현의 배를 훌쩍 넘는 세월 동안 내공수행에 매진해 온 고수들과 비교하면 내공이 부족한 것이 현실이었다.

그러니 궁리할 수밖에 없었다. 상대적으로 부족한 내공으로 어떻게 싸워야 할지.

강기공은 내공 소모가 너무 크다. 풍신천주, 낭아천섬, 유령귀곡무, 인영잔해, 학살연무강, 구천멸살, 유아백탈, 멸원광도⋯⋯ 모두가 내공을 어마어마하게 잡아먹는다.

어떻게 해야 할까.

실력에 큰 격차가 없다면 장기전이 되고, 장기전으로 가면 내공이 고갈되어 결국 이쪽이 패배하게 된다. 그렇다면 결국 실력을 키워 장기전으로 가기 전에 끝내면 되는 일이고, 실제로도 그래왔지만, 그래도 내공 고갈에 대한 대처법은 필요했다.

그래서 직접 만들었다.

사실 완전한 자작은 아니었고, 스승의 도움도 조금은 받았다. 태극선에게서 훔쳐 배운 유화태극무한도 참고했다.

양의무극회환(兩儀無極回還).

만연비궁을 휩쓸고 지나간 멸원광도와 구천멸살의 강기가 백현에게로 회환되었다. 그것은 그대로 백현의 단전을 재차 가득 채워주었다.

그리고, 다시 한번 백현의 손안에 검은빛이 모여들었다.

또다시 멸원광도가 폭발했다. 만연비궁의 연잎이 모조리 찢겼다.

유기는 급히 호신강기를 일으켰지만, 만연비궁을 비집고 들어온 멸원광도를 버티지 못했다.

"커윽!"

유기의 몸이 아래로 추락했다.

양의무극회환을 통해 내공을 회수한 백현은 추락하는 유기의 몸을 향해 양손을 활짝 펼쳤다. 백현의 열 손가락 끝에 검은빛이 어렸다. 백현이 손목을 흔들자, 손끝에 어린 빛이 유기를 쫓아 쏘아졌다.

'피해야……'

삼계유행을 펼쳐야 한다. 하지만 그럴 정신이 없었다. 유기가 자랑하는 금강불괴는 백현의 주먹에 박살 났고, 만연비궁은 두 번에 걸쳐 펼쳐진 멸원광도에 찢겼다. 덕분에 유기는 큰 내상을 입어 삼계유행을 뜻대로 펼칠 수가 없었다.

키이이잉.

유기를 쫓아서 내려온 빛이 유기의 주변을 휘감았다. 백현은 손을 몇 번 더 쥐었다 펴며 유기에게 연달아 빛을 쏘아냈다. 그건 구슬치기에 쓰이는 구슬처럼 작았는데, 어느덧 50개의 빛이 유기의 주변을 맴돌고 있었다.

"이것도 ×같은 무공이었어."

백현은 도원경에서의 기억을 떠올리며 눈살을 찡그렸다. 사실 무공이 '×같다'기보다는 저 무공을 사용하던 천상기린이 ×같은 놈이었다.

반로환동을 한 천상기린 놈은 천하이십대 고수 중 가장 용모가 뛰어났는데, 얼굴에 어울리지 않게 성격이 가학적이고 몹시 지랄 맞았다. 그런 주제에 무공은 천하오인에 들 정도로 뛰어났다.

"조련유린(操鍊蹂躪)."

백현은 천상기린에게 시달리던 때를 떠올리며 내뱉었다.

피비비비빅!

유기의 주변을 맴돌던 구체가 일제히 빛을 내뿜었다.

그 구체는 모두가 한계까지 응집된 강기의 결정체였고, 백현의 의지에 따라 움직이고 있었다. 오십 개의 구체에서 오십 줄기의 빛이 쏘아졌다.

"……헉!"

유기가 급히 정신을 차렸다. 그는 몸을 비틀어 빛의 세례를 피해내려 했지만, 빛이 너무 많았다. 미처 피하지 못한 빛이 유기의 몸을 관통했다.

"끄으윽!"

유기가 고통스러운 신음을 내질렀다. 그런 와중에도 유기는 간신히 양손을 모아 삼계유행을 펼쳤다.

쉬이잉!

유기의 몸이 가속하기 시작했다.

"이번엔 못 도망가."

백현은 그렇게 중얼거렸다.

유기의 주변에 흩어져 있던 구체들이 서로 다른 방향으로 빛을 쏘아냈다. 구체와 구체가 자그마한 빛줄기로 서로 연결되었고, 그것은 거대한 빛의 감옥이 되었다.

유기의 얼굴이 일그러졌다. 삼계유행이 무조건 위기를 모면하게 해주는 경신법이라지만, 그것도 모면할 틈이 있을 때의 이야기다.

백현은 유기의 몸이 합장한 상태로 멈칫 굳은 것을 보면서 계속해서 손을 쥐었다 폈다. 조련유린의 구체가 계속해서 추가되었다. 감옥의 창살은 좁아졌다.

유기의 몸이 부들거리며 떨렸다.

몸으로 뚫고 나갈까? 아니, 금강불괴가 박살 난 이상 그건 너무 무리한 행동이다. 실제로 조련유린의 빛줄기는 유기의 호신강기와 함께 그의 몸을 꿰뚫지 않았나.

'내상만 아니었어도……!'

애당초 유기의 금강불괴가 깨지고, 거듭된 충격으로 내상을 입어 호신강기가 약해지지 않았다면, 백현은 조련유린을 사용하지 않았을 것이다. 조련유린이 강력한 무공인 것은 사실이지만, 이미 승패가 결정 난 상황에서 상대를 괴롭히는 목적이 대부분인 무공이다.

실제로 천상기린이 조련유린을 쓰던 때는 언제나 백현을 죽음 직전으로 몰아갔을 때뿐이었다. 그리고 백현도 천상기린을 처음 죽였을 때는 조련유린을 사용했었다.

"이렇게 재밌던 것은 오랜만이야."

어떡하지? 만연비궁을 한 번 더 펼쳐서 버틸까? 아니, 저놈의 내공은 마르지 않는다. 만연비궁을 펼친다면 아까의 끔찍한 강기공이 또 한 번 덮쳐올 것이다.

"그러니까 널 이거로 죽이고 싶지는 않아. 이거…… 생각보다 되게 고통스럽거든."

"……"

유기는 대답하지 않고 백현을 노려보았다.

백현은 천천히 손을 오므렸다. 그러자 조련유린으로 만들어진 빛의 감옥이 천천히 유기를 향해 조여 들어갔다.

"내 질문에 대답해 주면 편하게 죽게 해줄게."

"죽여라."

유기가 내뱉었다.

"나는 네 질문에 아무것도 대답해 주지 않는다."

"이상한 거 물어보지 않을 거니까 걱정하지 않아도 돼."

"죽여라."

"들어나 보지?"

백현은 투덜거리면서 손을 더 오므렸다.

"너 말고 다른 신장이랑도 싸우고 싶어."

그 말에 유기의 얼굴이 굳었다. 그는 이해할 수 없다는 눈을 하고서 백현을 올려보았다.

"……뭐라고?"

"너 말고 다른 신장이랑도 싸우고 싶다고."

"하…… 하하하!"

백현의 대답에 유기가 큰 소리로 웃었다.

"오만……. 정말…… 너무 오만하군……! 하지만…… 이해하지 못할 것도 아니야. 너는 너 스스로 무의 총애를 받는다고 말했었다……. 하하…… 하하하! 그래, 확실히 그래. 인간이면서도 네가 펼치는 무공은…… 정말 무의 총애를 받지 않고서는 이룩할 수 없는 경지이니……."

유기는 그렇게 중얼거리면서 하늘을 올려다보았다. 철혈궁에서 무령이 벌떡 일어나 있는 것과 살의에 찬 눈으로 이쪽을 내려 보는 것이 보였다.

무령의 분노는 이해하지 못할 것이 아니었다. 하지만, 백현과 직접 싸워본 유기는 그렇게 느낄 수밖에 없었다.

그 자신이 인간이 아닌 존재였기에, 백현의 힘은 부조리할 정도였다.

"너는 전력을 다하지 않았다."

"응."

"나는…… 철혈궁의 성벽이자 무령 님의 방패. 성벽과 방패는 밖에서 안을 지키는 것…… 적을 죽이기 위함이 아니다."

"네가 신장 중에서 가장 약하다는 거구나."

백현의 입가에 웃음이 번졌다.

"어디로 가야 그들을 만날 수 있는 거야?"

'이해했음에도 가려 하는가.'

유기는 허탈한 눈으로 백현을 바라보았다.

"……안으로, 더 안으로."

유기가 중얼거렸다.

"그리 향한다면 그들이 너를 죽이러 내려오겠지……."

저건 투쟁심인가? 아니…… 투쟁심과는 다르다.

유기는 어렴풋이 그를 느낄 수 있었다. 투쟁심이 아니면 뭐라고 해야 할까.

'광기(狂氣).'

유기는 망아생불화를 박살 내던 포악한 힘을 떠올렸다. 그무공은 세상 전체에 대한 살의와 광기로 점철되어 있었다. 그런 마공…… 맨정신의 인간이 감당할 만한 것이 아니다.

"……네가 익힌 무공의 이름을 듣고 싶다."

"파천신화공."

그리 어려운 질문도 아니었기에, 백현은 솔직히 대답해 주었다.

"파천신화공…… 누구에게 배웠지? 설마 너 스스로……."

"아니, 그건 아니지. 말해봤자 모르겠지만, 나에게 무공을가르친 것은 무신마 주한오라는 분이야."

"무신마……? 그는 마인인가? 네가 익힌 것은 마공인가?"

유기가 물었다. 그 질문에 백현은 헛웃음을 흘리며 고개를저었다.

"좀 괴팍한 면이 있기는 했는데, 마인까지는 아니었던 것 같

아. 파천신화공도 마공은 아니고."

"하지만 네가 펼친 초식은……."

"그건 파천신화공의 초식이 아니야. 내가 싸운 다른 무인에게서 훔쳐 익힌 초식이지. 네게 쓴 초식 중에서 파천신화공의 초식은 단 하나도 없었어."

애당초 파천신화공에는 초식이 없다.

백현의 말에 유기의 두 눈이 멍해졌다.

훔쳐 익혔다고? 말도 안 되는 일이다. 무공이라는 것은 모양새를 흉내 낸다고 해서 똑같은 위력을 낼 수 있는 것이 아니다.

'무의 총애…….'

유기는 진한 허무함을 느끼며 두 눈을 감았다.

유기는 더 이상 백현에게 무언가를 묻지 않았다. 대답을 듣고 싶지 않았기 때문이다. 듣는다면 자신의 존재가 너무 하찮고 허무해질 것만 같았다.

유기는 천천히 손을 들어 올렸다. 백현은 유기가 하려는 것을 깨닫고 눈살을 찌푸렸다.

"살려줄 수도 있어."

유기는 그 말을 듣지 않고 자신의 가슴에 손을 꽂아 넣었다. 가슴을 뚫고 들어간 유기의 손이 스스로의 심장을 잡아 터뜨렸다.

뚫린 성벽과 방패는 더 이상 가치가 없다. 하물며 유기는 무령이 보는 앞에서, 무령을 모욕한 인간에게 패배했다. 추하게 목숨을 건진다 해도 더 이상 철혈궁에 유기의 자리는 없을 것이다.

'아…….'

온몸에서 힘이 쭉 빠져나가는 것을 느끼며, 유기는 감았던 눈을 떴다. 그는 간신히 머리를 들어 위를 보았다. 유기가 본 것은 철혈궁이 아닌 백현이었다.

"……무의 총애……."

유기가 간신히 목소리를 쥐어 짜냈다.

"그걸 어떻게 얻은 것이지……?"

"타고났어."

백현은 어색한 미소를 지었다.

그 대답에 유기의 두 눈에 진한 허탈함이 담겼다. 유기는 뭐라 말하기 위해 입술을 벌렸다가, 결국 말하지 못하고 입을 다물었다.

그는 잠시 백현을 바라보다가, 다시 입을 열었다.

"……마무리를 지어다오."

백현은 머리를 끄덕거렸다. 그리고 주먹을 꽉 쥐었다. 조련 유린의 창살이 유기를 빠르게 덮쳤다.

유기는 다가오는 죽음을 보며 두 눈을 감았다.

"황홀한 죽음이다……."

죽음 직전에, 유기는 작은 소리로 중얼거렸다.

2장
아깝다

유기가 죽었지만, 그가 출현했을 때와 같은 현상은 일어나지 않았다.

백현은 잠시 동안 하늘을 올려다보았다.

'강했어.'

그건 인정할 수 있었다. 유기는 무령의 예비 사도인 박준환과 비교가 되지 않을 정도로 강했다. 유기의 몸뚱이는 그 스스로 금강불괴라 자신할 만큼 강인했고, 익힌 무공은 백현이 도원경에서 겪어보았던 무공들과 비교해도 손색이 없었다. 아니, 어떤 면에서는 백현이 겪었던 무공들보다 우월한 부분도 있었다.

'쓰는 무공의 이름이나 들을 걸 그랬어.'

백현은 흔적도 남기지 않고 죽은 유기를 떠올리며 진한 아쉬움을 느꼈다.

이미 싸움은 끝났지만, 참 많은 생각이 들었다.

더 잘 싸울 수 있었을 텐데, 라는 생각을 시작으로 해서 더 싸워보고 싶다는 생각들. 백현은 이곳이 도원경이 아니라는 것을 절감하면서 손을 쥐었다 폈다.

만약 이곳이 도원경이었다면, 백현은 유기와 몇 번은 더 싸웠을 것이다. 유기의 금강불괴를 때려 부수는 것에 몇 번의 주먹질을 했더라?

셀 수 없었다, 세지 않았다.

너무 즐거워서 센다는 것을 잊었다. 아니, 세어야 한다는 것이 문제였다. 일격에 부수지 않는다면 의미가 없었다. 이곳이 도원경이었다면, 백현은 유기의 금강불괴를 일격에 때려 부술 수 있을 때까지 싸움을 반복했을 것이다.

'어쩔 수 없지. 여기는 도원경이 아니니까.'

싸워보았다는 것으로 만족해야만 했다. 백현은 유기의 몸을 때렸을 때, 주먹에서 느꼈던 아릿함을 떠올렸다. 떠올리는 것만으로 주먹이 파르르 떨려왔다. 거듭해서 때리던 주먹질과 유기의 금강불괴를 깨부수었던 순간의 감각. 그것을 확실하게 새겨 넣고서, 백현은 다시 한번 하늘을 보았다.

철혈궁의 사신장 중 하나인 금강신장. 철혈궁의 성벽이자 무령의 방패였던 유기는 스스로 철혈궁의 가장 바깥을 지키는 자라고 했다. 이곳을 넘어 더 안쪽으로 가면, 철혈궁의 신장과 싸울 수 있게 될 것이라고도 말해주었다.

'무령은…… 직접 강림하지 않았어.'

아니, 강림하지 못했다고 말해야 옳을 것이다. 유기는 최후 까지 박준환이 사용했던 그 기묘한 능력을 사용하지 않았다.

신무천정. 백현은 그 권능의 이름까지는 알지 못했지만, 박 준환이 신무천정을 사용했던 순간에 느꼈던 불길함은 아직 기 억하고 있었다. 끝을 가늠할 수 없을 정도로 고강한 내공. 만 약 유기가 신무천정을 사용했다면……. 뭐, 그렇다고 해서 결 과가 바뀌지는 않았을 것이다.

무공에서 내공이 중요한 것은 사실이지만, 내공의 고하가 무조건적으로 싸움의 결과를 결정짓는 것은 아니다. 단지, 유 기의 내공이 박준환처럼 고강했더라면 백현도 이번과는 다른 방법을 사용해야 했을 것이다.

'왜 강림하지 않은 거지? 철혈궁의 신장과 사도는 다른 건가?'

백현이 알고 있는 박준환과 유기의 차이는 그 정도였다. 만 약 박준환의 때처럼 무령이 직접 강림하는 것이 가능했다면, 백현에게 살의를 가진 무령으로서는 이번 기회를 놓치지 않았 을 것이다. 유기의 패배가 확정된 순간 직접 강림해서 백현을 죽이려 했겠지.

'강림하지 못한 거야.'

아직 확신하기에는 이를지 모르지만, 당장으로서는 그렇게 생각할 수밖에 없었다.

백현은 잠깐 동안 생각에 잠겼다. 유기는 자신이 사신장 중에서 가장 약하다고 했다. 그것은 백현을 즐겁게 만드는 사실이었지만, 동시에 백현으로 하여금 냉정하게 자신의 전력을 분석할 수 있게 해주는 말이기도 했다.

전력을 발휘하지는 않았다. 유기와의 싸움에서 백현은 꽤 여유를 가질 수 있었다. 애초에 백현은 지금 자기 자신이 얼마나 강한 것인지 스스로도 잘 알 수가 없었다. 파천신화공 오성을 이루고, 환골탈태를 한 뒤로 적과 전력을 다해 싸워본 적이 없다. 아직 무령을 도모하기에는 무리겠지만, 남은 사신장들과 싸운다면…….

"미친……."

등 뒤에서 목소리가 들렸다.

고개를 돌리자 진 웨이가 참담한 표정을 지으며 하늘을 날아오고 있었다. 진 웨이는 천재지변이 휩쓸고 지나간 것처럼 엉망이 된 땅을 내려 보며 고개를 절레절레 저었다.

"내가 뭘 본 건지."

"도망칠 줄 알았는데."

"그럴 수 있었으면 얼마나 좋았겠습니까?"

진 웨이는 그렇게 투덜거리면서 백현을 쳐다보았다. 바로 앞에 서서 웃고 있는 백현의 얼굴은 조금 전의 그 말도 안 되는 싸움을 펼친 당사자라고 생각할 수 없을 정도로 즐거워 보였다.

"이제 어쩌시렵니까?"

"뭘요?"

"무령의 예비 사도를 죽여 버린 것도 모자라 사신장 중 하나를 무령의 영역에서 죽이지 않았습니까! 아직은, 아직은 늦지 않았습니다. 지금이라도 이 장소를 떠나, 다시는 무령의 영역에 들어오지 마십시오."

진 웨이는 진심으로 그렇게 경고해 주었다. 백현을 위해서가 아니라, 당분간 백현을 따라다녀야 할 자신의 안전을 위해서 하는 말이었다.

"그렇게 싫으면 안 따라다니면 되잖아요."

"빌어먹을, 나라고 안 그러고 싶겠습니까?"

"그러면 당신이 섬기는 하이로드에게 까놓고 물어봐요. 대체 왜 나를 쫓아다니라고 하는 것인지."

백현은 진 웨이의 얼굴을 뚫어져라 보며 물었다.

군주마다 성향과 바라는 바가 다르다는 것은 퓨어세인트에게 들었다. 퓨어세인트는 그녀 본인의 입으로 말하지는 않았지만, 백현을 이용하여 무령을 자극하는 것을 바라고 있다.

그렇다면 하이로드는 어떤 목적을 가지고 있는 것일까. 예비 사도인 진 웨이를 붙여놓는 정성을 보면, 하이로드 역시 백현에게 무언가를 바라고 있는 것은 확실해 보였다.

[하이로드가 백현을 당돌하다고 생각합니다.]
[하이로드는 단지 관측을 바랄 뿐이라 대답합니다.]

"……관측하고 싶답니다."
"내가 무령을 죽이는 것을?"
백현은 입꼬리를 비죽 올리며 물었다.
그 물음에 진 웨이의 표정이 딱딱하게 굳었다.
무령을 죽인다는 백현의 말은 농담으로도 꺼내면 안 될 말이었지만, 백현의 싸움을 직접 보았을 뿐만 아니라 그가 어떤 성격인지 조금은 파악한 진 웨이는 백현의 말을 농담으로 들을 수 없었다.

[하이로드가 웃음을 터뜨립니다.]
[하이로드가 일어날 리가 없지만, 그렇다면 무척 즐거운 일이라고 대답합니다.]

'나를 메신저로 쓰고 싶으시다면, 차라리 저 인간을 당신의 영지로 안내하겠습니다.'

[하이로드가 고개를 흔듭니다.]

[하이로드는 백현과 만나고 싶지 않다고 대답합니다.]

'설마 겁먹으신 것은 아니죠?'

진 웨이는 슬며시 물었고, 하이로드는 대답하지 않았다. 그 침묵에 진 웨이는 긴 한숨을 내쉬었다.

하이로드가 진짜로 겁을 먹었을 리는 없다. 진 웨이는 하이로드가 어떤 성격인지 잘 알고 있었다. 쓸데없는 위험 요소를 아예 만들고 싶지 않은 것뿐이리라.

"……당신이 무령을 죽이든지 말든지 내 알 바는 아닙니다. 하지만 나는 당신을 따라다녀야 하고, 위험한 일을 겪고 싶지 않아요."

"날 따라다니겠다고 한 것은 당신의 선택이잖아요."

백현은 그렇게 대답하며 인벤토리를 열어보았다.

생각해 보면 천둥새를 죽인 것은 백현이 아닌 유기였다.

'뻘짓 했네.'

보상에 욕심이 있어서 천둥새 토벌에 참가한 것은 아니지만, 다 죽였던 천둥새의 숨통을 마저 끊었더라면 어마어마한 코인이 들어왔을 것이다. 정수아에게 받은 30억은 죄다 서민식에게 주어버렸고, 천둥새 토벌 때문에 이번 달의 화천 어비스 토벌에는 참가하지도 못했다.

"엥?"

그런데, 코인이 어마어마하게 늘어나 있었다. 한 달 전 화천 어비스에서 벌어들인 것의 수십 배는 될 코인이 백현의 지갑에 들어가 있었다.

"뭡니까?"

진 웨이가 백현의 놀란 소리를 듣고서 물었다. 코인에 대해 설명해 주자, 진 웨이의 표정이 묘하게 변했다.

"……철혈궁의 사신장이 몬스터로 취급되는 건가?"

"그게 이상한 거예요?"

"당신은 코인이 왜 만들어진 건지도 모르는 겁니까?"

진 웨이가 한심하단 표정으로 백현을 보았다.

코인은 어비스의 몬스터를 잡아 버리는 것이다. 그런데 몬스터도 아닌 철혈궁의 사신장을 죽였는데 코인이 벌리다니.

애초에 코인의 개념을 만들어낸 것은 어비스의 군주들이다. 군주들은 헌터에게 레벨과 상태창, 권능이라는 성장 보정을 마련해 주었다. 하지만 그것만으로는 부족했다. 애당초 4년 전의 어비스에는 화폐라는 개념이 존재하지 않았다.

최초로 인간이 어비스에 들어왔을 때. 이곳은 그저 인간을 무조건적으로 잡아먹으려 드는, 포악하기 짝이 없는 괴물들의 둥지에 지나지 않았다. 그런 세계에서 헌터들이 살아가기 위해서는 아주 많은 것들이 필요했다.

군주들은 헌터들이 어비스에서 살아갈 수 있도록 다양한 대책을 마련했다. 거주 구역을 만들고, 어비스의 균열을 비틀어 바깥세상과 오갈 수 있는 게이트를 열었다. 그다음에는 '코인'이라는 화폐를 만들었고, 거주 구역에 상점을 만들어 헌터들이 사용할 수 있게 해주었다.

"몬스터를 잡으면 돈이 벌린다. 아주 쉽고 직관적이지 않습니까. 처음에는 그 코인을 상점에만 사용했지만, 관리국은 헌터들이 보다 열정적으로 몬스터를 사냥하게 하기 위해 코인을 현실의 화폐로 환전해 주기 시작했죠."

그 의도는 성공적이었다. 어비스의 몬스터에게서 세상을 구한다는 숭고한 목적을 가진 헌터보다는 잔뜩 번 코인을 현실의 돈으로 환전해 부자가 되고 싶어 하는 헌터가 훨씬 많았기 때문이다.

결과적으로 헌터들은 많은 코인을 벌기 위해 사냥에 열중했다. 그리고 군주들은 헌터의 동기 따위는 신경 쓰지 않고서, 헌터들이 몬스터를 사냥하는 모습만을 보고 레벨을 올려주거나 권능을 내리는 등의 보상을 내려주었다.

"그렇게 모두가 행복해진 겁니다. 코인을 벌기 위해 몬스터를 잡고, 그걸 본 군주는 헌터에게 보상을 내리고. 번 코인으로는 아이템을 구입하거나 현금으로 환전하고, 그 덕분에 전

업 헌터를 노리는 어중이떠중이가 늘어나 헌터라는 직업의 평균 수명이 확 떨어졌지만. 그거야 뭐, 제 알 바가 아니죠."

코인을 만든 것이 군주들이기 때문에, 유기를 죽인 것으로 코인이 벌렸다는 것이 이해가 되지 않는 것이다. 무령은 13 군주 중 하나고, 유기는 무령을 섬기는 철혈궁의 사신장 중 하나다. 무령이 미친놈도 아니고 자신을 섬기는 신장에게 코인을 걸어두었단 말인가?

[당신의 생각에 하이로드가 웃음을 터뜨립니다.]

'웃지만 말고 좀 알려주십쇼.'

[하이로드가 당신의 자격이 부족하다고 말합니다.]

정식 사도가 되지 않는 한 알려주지 않겠다는 말이다.

진 웨이는 홍 콧방귀를 뀌었다. 그는 예비 사도인 것으로도 충분히 만족하고 있었기에, 절대로 정식 사도가 될 생각은 없었다.

"이상할 게 뭐가 있어요?"

백현은 퓨어세인트를 떠올리며 중얼거렸다.

"모든 군주가 하하 호호 친한 것은 아니잖아요. 무령을 고깝

게 여기는 다른 군주가, 무령의 부하에게 코인을 걸어두었을
수도 있죠."

"……."

백현의 말에 진 웨이의 표정이 딱딱하게 굳었다. 어렵게 생
각할 것 없이, 사실 백현의 말이 지금으로써는 가장 정답에 가
까울 것이다.

"……쯧."

하지만 진 웨이는 그 사실을 받아들이고 싶지 않았다. 만약
그렇다면 13 군주는, 서로 죽일 생각을 하고 있다는 뜻 아닌
가. 그 외에 서로의 권속에게 코인을 걸어 둘 이유가 어디에 있
단 말인가?

[무불마하신광(武佛摩訶神光)]
[이 아이템은 타인에게 양도할 수 없습니다.]

철혈궁의 사신장 중 하나, 금강신장 유기가 섬기는 군주에
게 하사받은 권능의 무학.

백현은 인벤토리에 들어가 있는 무불마하신광을 응시했다.
그는 자신의 인벤토리에 이 아이템이 들어가 있는 것에 대해
진 웨이에게 알려주지 않았다. 코인에 관한 이야기를 들은 순
간, 백현은 굳이 진 웨이에게 모든 것을 떠들 필요가 없음을

알았다.

'진 웨이는 하이로드와 연결되어 있어.'

하이로드가 바라는 것은 상황의 관측.

퓨어세인트가 바라는 것은……

백현은 피식 웃었다.

"이름은 알았네."

"예?"

"아무것도 아니에요."

백현은 그렇게 말하면서 휩쓸려 엉망이 된 지면을 향해 손을 뻗었다.

쿠르르릉!

무너진 바위산의 바위들이 둥실 떠올라 백현에게 날아왔다. 백현은 그것을 잘게 부수어 지면을 메웠다. 그러자 이 일대 전체가 울퉁불퉁한 자갈밭이 되었다.

"누가 보면 마법사인 줄 알겠군."

진 웨이는 어처구니가 없어서 투덜거렸다.

'진 웨이', 백현은 핸드폰에 그의 이름을 저장했다.

진웨이는 제발 어비스에 들어가기 전에 미리 연락해 달라고 신신당부를 하며 백현에게 핸드폰 번호를 알려주었다. 자신의 개인적인 핸드폰 번호를 알고 있는 남자는 다섯 명도 채 되지 않는다는 실없는 자기 과시까지 덧붙이면서.

'데리고 다녀야 하나?'

하이로드가 바라는 관측이 무엇인지는 대강 짐작이 갔다. 하지만 그 관측을 통해서 하이로드가 어떤 이득을 얻을 수 있는 것인지는 잘 모르겠다. 정보가 너무 부족했다.

하지만 퓨어세인트의 의도는 알겠다. 백현은 퓨어세인트를 위선자라고까지는 생각하지 않았지만, 그녀가 무령에게 명백한 적의를 가지고 있음은 확신할 수 있었다. 결국, 이것은 차도살인이다.

'나를 죽이려는 걸까, 무령을 죽이려는 걸까.'

사실 둘 중 누가 죽어도 상관없는 것일 수도 있지.

백현은 거실 한복판에 가부좌를 틀고 앉아 부재중 연락을 확인했다. 어비스에 들어가면 현실과의 연락이 완전히 두절되고, 그렇다고 어비스 안에서 다른 헌터들과 연락을 쉽게 나눌 수 있는 것도 아니다. 거주 구역 안에서는 아티펙트를 써서 연락을 주고받을 수 있다지만, 백현은 거주 구역에서 거의 시간을 보내지 않는지라 그런 아티펙트는 있어도 별 소용이 없었다.

정수아에게 요즘 뭐 하고 지내냐는 식의 메시지가 와 있었다. 귀면주 둥지 이후로 정수아와 만난 적은 없다.

'조만간 사도 시련을 받게 될 것이라고 말했었지.'

이유는 짐작할 수 있었다. 귀면주 여왕에게서 취한 독단(毒團). 그것은 독공을 익힌 무인이라면 누구나 탐내는 절세기물이었다. 천하제일독이라고 불렸던 독왕의 극살독은 무형지독에 가장 근접해 있는 독이었고, 귀면주 여왕의 독은 백현이 느끼기에는 극살독과 비교해도 부족함이 없었다. 그 독을 만들어내던 근원이 바로, 여왕이 몸 안 깊숙한 곳에 품고 있던 독단이다.

정수아는 그 독단을 통째로 삼켰고, 수백 수천 번 몸이 녹아내리고 재생하는 것을 반복해 낸 끝에 독단의 힘을 모조리 자신의 것으로 삼았다. 그 말은 즉, 극살독에 비견될 절세독의 근원을 자신의 몸 안에 두었다는 것과 똑같았다. 레벨 자체는 크게 오르지 않았다고 해도, 정수아의 전투 능력은 이전과 비교되지 않을 정도로 강해졌을 것이다. 그 정도 실력을 갖추었다면 재생의 뱀이 정수아에게 사도의 시련을 내릴 만도 했다.

'사도가 된다는 게 꼭 좋은 건지는 모르겠지만 말이야.'

박준환의 죽음이나, 템페스트가 총애하는 서민식을 사도로 삼지 않는 것을 보면 사도가 된다는 것이 무조건 좋은 것 같지는 않았다. 물론 절대적이지는 않을 것이다. 군주마다 성향과 사정은 다른 법일 테니까.

백현은 인벤토리를 열었다.

무불마하신광. 금강신장 유기가 무령에게 하사받았다는 권능의 무학. 그것은 제법 두꺼운 서책이었다.

백현은 두 눈을 반짝이며 무불마하신광을 내려 보았다. 도원경에서 파천신화공을 배운 뒤로, 이런 식으로 서책으로 된 무공서를 받은 적은 한 번도 없었다.

"읽을 수나 있을지 걱정이네."

백현은 그렇게 중얼거리며 무불마하신광의 첫 장을 넘겼다.

[무불마하신광은 권능의 무학입니다.]
[무불마하신광을 습득하시겠습니까?]

"……아니."

머릿속에 목소리가 들렸고, 백현은 잠시 멈칫하다가 고개를 저었다. 무불마하신광이 백현의 손에 들어왔다고는 하지만, 이것은 본래 무령이 유기에게 하사한 권능이다. 만약 백현이 무불마하신광을 권능으로서 익힌다면, 최악의 경우 무령과의 연결점이 생길지도 모른다.

'읽을 수도 없는 건가?'

걱정은 기우였다. 읽는 것은 가능했다. 생전 처음 보는 문자였는데도 읽는 데 무리가 없었다. 백현은 정신을 집중해 무불마하신광의 구결을 읽어 내려갔다.

느꼈던 대로, 무불마하신광은 불가(佛家)의 무공이었다. 무불마하신광은 하나의 심법과 다섯 개의 초식으로 구성되어 있었다. 심법인 무불마하신광과 삼계유행(三界遊行), 미륵대수인(彌勒大手印), 만연비궁(萬蓮秘宮), 투불분신(鬪佛分身), 망아생불화(忘我生佛化).

'과연.'

구결에 집중할수록 백현의 머릿속에서는 유기의 움직임이 떠올랐다. 그리고 어느 순간부터, 머릿속에서 움직이는 것은 유기가 아닌 백현이 되었다. 백현은 무불마하신광의 구결을 따라 의식의 세계를 유영했다.

'아깝다.'

한참 동안 무불마하신광의 구결을 보던 중, 문득 그런 생각이 들었다. 나라면 더 잘 쓸 수 있었다. 오만함이 아닌 확신이었다. 무불마하신광은 신공절학이라 말하기에 충분했다.

'할 수 있나?'

백현의 단전에서 내공이 일어났다.

그러면서 무불마하신광의 구결을 떠올렸다. 심법은 필요 없다. 초식의 동작은 이미 머릿속으로 학습했고, 그 심오한 구결의 해체도 끝났다. 거기서 필요한 것과 필요 없는 것을 덜어낸다. 그 작업은 도원경에서 상대의 무공을 몸으로 겪고 배울 때보다 쉬웠다. 그때는 몸으로 겪고 죽어가면서 해야 했고, 무공자체도 지금만큼 대단하지 않았다.

유기가 펼쳤던 무공 중에서 가장 탐이 났던 것은 삼계유행과 만연비궁이다. 다른 무공들은 솔직히 별로 탐나지 않았다. 하지만 저 두 무공은 보면서 꽤 욕심이 났다.

백현은 가부좌를 틀고서 천천히 양손을 모아 합장했다. 그리고 머릿속에서 해체한 삼계유행의 구결에 파천신화공의 구결을 섞었다. 그러자 백현의 몸이 새카만 빛에 휘감겼다.

백현의 몸이 둥실 떠올랐다.

쉬잉!

백현의 몸이 거실 한복판에서 그 끝으로 이동했다.

백현은 감고 있던 눈을 뜨고 히죽 웃었다. 물론 이것 그대로 사용할 생각은 없었다. 백현이 사용하는 모든 초식은 독자적인 변형이 가미되어 있다.

'우선 이 불편한 합장부터 빼버리고.'

자체만으로도 훌륭한 무공이었지만, 다른 무공과 섞으면 더 효율이 좋을 것 같았다. 게다가 이 무공은 결국 무령에게서 비롯된 것이니 그대로 쓰는 것은 미련한 짓이다.

백현은 다시 가부좌를 틀고 앉아 즐거운 고민에 빠졌다.

3장
보통 사람

신신당부하며 연락처를 교환하기는 했지만, 진 웨이는 무조건 백현을 믿을 생각은 없었다. 진 웨이 본인이 생각하기에도 자신은 굉장히 수상쩍고, 신뢰와는 거리가 멀었기 때문이다. 그래서 나름의 방책을 마련했다.

중국은 자체적으로 중화엽인부라는 것을 두어 자국 내에서 범죄를 저지른 헌터들을 처벌하고 있지만, 그렇다고 어비스 관리국이 없는 것은 아니었다. 진 웨이는 이미 예전부터 관리국의 간부에게 마인드 컨트롤을 걸어두었다. 그 정도 위치의 인사를 부릴 수 있다면 여러모로 편리함이 많았기 때문이다. 덕분에 진 웨이는 중국에서도 백현의 동향을 어렴풋이 알 수 있었다. 그래 봤자 백현이 어비스에 들어갔는가, 들어가지 않았는가 정도였지만. 그것으로 충분했다.

"아아."

진 웨이는 커다란 제트스파에 몸을 뉘어 편안한 표정을 지었다. 이러고 있으니 몇 날 며칠 동안 백현과 사막을 돌아다니느라 쌓였던 육체적, 정신적 피로가 쭉 풀리는 것만 같았다.

'그래, 이게 사는 거지.'

어비스를 나오고서 나흘이 지났지만, 아직 백현이 어비스로 들어갔다는 연락은 오지 않았다. 진 웨이는 평생 백현이 어비스로 들어가지 않기를 바라며 옆에 띄워둔 와인글라스를 손으로 잡았다.

어제는 각국의 미녀들을 불러다가 난교 파티를 벌였다. 정력은 부족하지 않았지만, 사흘 내내 여자랑 뒤엉켰으니 지친다기보다는 질렸다. 그래 봤자 며칠 뒤에는 다시 여자를 부르겠지만, 오늘 하루 정도는 여유를 가지고 푹 쉬고 싶었다.

"팔자 좋네."

싸늘한 목소리가 진 웨이의 나른함을 박살 냈다.

진 웨이는 감고 있던 눈을 번쩍 뜨고서 홱 고개를 돌렸다. 넓어도 너무 넓은 욕실의 입구에 흑백 슈트를 차려입은 여자가 서 있었다. 진 웨이는 자신도 모르게 헉하고 숨을 삼키며 벌떡 일어섰다.

"라, 라이 룽."

"눈을 씻고 싶군."

라이 룽은 진 웨이의 알몸을 보며 미간을 찡그렸다. 가뜩이나 사나운 라이 룽의 눈매가 더욱 두렵게 변하자, 진 웨이는 찔끔하며 자신의 사타구니를 양손으로 가렸다.

라이 룽이 혀를 차며 손가락을 아래로 까딱거리자, 그 의미를 이해한 진 웨이가 물속으로 몸을 감추며 물었다.

"여긴 어떻게……?"

"내가 가지 못할 곳이 있을 것 같아?"

라이 룽이 이죽거렸다.

'괴물 같은 년.'

진 웨이의 눈동자가 파들거리며 떨렸다. 용성군의 사도인 그녀는 마법사가 아니면서도 온갖 마법 같은 일이 가능했다.

"……왜 온 겁니까?"

"오면 안 될 이유라도 있나?"

"그…… 저는 범죄 같은 것은 저지른 적이 없습……."

"네 혀를 뽑아버릴 수도 있어."

그 말에 진 웨이는 알아서 입을 다물었다.

"마인드 컨트롤의 사용 자체가 범죄라는 것을 모르지는 않을 텐데?"

"……크흠."

"원래대로라면 너는 진즉 내 손에 죽었어야 했어. 알아?"

"제가 뭐 큰 죄를 지은 것도 아니고…… 당신과 제가 아주 모르는 사이도 아닌데. 그 정도는 좀 봐주시면……."

"그래서 봐주고 있잖아? 네가 마인드 컨트롤로 하는 일이라고 해봐야 여자를 침대로 불러들이는 것 정도가 고작이니까. 고작 그따위 일에 마인드 컨트롤을 사용하는 너라는 인간이 한심할 뿐이야."

진 웨이의 입술이 삐죽 튀어나왔다.

"……마인드 컨트롤 안 써도 꼬실 수 있거든요. 그냥 이게 훨씬 편하니까……."

"그깟 변명이나 들으려고 온 거 아니야."

"그래서 물어봤잖아요…… 왜 온 겁니까?"

"벨파르."

라이 룽이 팔짱을 끼며 중얼거렸다.

진 웨이의 뺨이 움찔 떨렸다.

'빌어먹을.'

그는 마음속으로 욕설을 내뱉었다. 들키지 않으려고 얼굴까지 바꿔가며 조심했는데, 꼬리가 밟혔던 모양이다. 하긴, 천둥새 토벌에 모여 있던 헌터가 수백이었고, 당장 그 토벌을 지휘했던 엔 차오가 용성군과 계약한 헌터이기도 했다.

"거기 있었지?"

"……있으면 안 됩니까?"

"너무 두려워하지는 마. 그 건으로 널 어떻게 할 이유도 없잖아."

무슨 말을 하고 싶은 걸까. 진 웨이는 자그마한 불안을 느끼며 물속에서 손을 쥐었다 폈다.

진 웨이의 검지에는 굵은 반지가 끼워져 있었다. 그 어떤 순간에도 진 웨이는 이 반지를 빼지 않는다.

어웨이크. 하이로드에게 받은 신물. 만약 라이 룽이 공격한다면, 진 웨이는 즉시 어웨이크를 사용하여 이곳에서 도주할 생각이었다.

"백현에게 전해."

라이 룽의 입가에 얇은 미소가 떠올랐다.

"만약 계속할 생각이라면, 다음에 싸우게 될 사신장은 검을 쓸 것이라고."

"······예?"

"그리고 카르파고를 조심하라고도 전해."

라이 룽은 그렇게 말하고서 빙글 몸을 돌렸다.

진 웨이는 아무런 말도 하지 못하고 라이 룽의 등을 보기만 했다. 라이 룽이 손을 가볍게 흔들자, 공간이 일렁거리더니 그 너머에서 거대한 용의 머리가 튀어나왔다. 용이 쩍하고 입을 벌렸다.

우우우웅!

그러자 라이 룽의 앞에 커다란 파문이 일었고, 공간이 쩍하고 벌어졌다.

"아, 그리고."

벌어진 공간은 이곳이 아닌 다른 곳으로 연결되어 있었다. 그 안으로 들어가려던 라이 룽은 걸음을 멈추고 진 웨이를 돌아보았다.

"너도 조심하는 것이 좋을 거야. 네가 백현과 같이 다닌다면, 네 의사가 어찌 되었든 백현을 마음에 들어하지 않는 이들에게는 너 또한 제거 대상으로 보일 테니까."

"……당신은?"

진 웨이는 침을 꿀꺽 삼키며 물었다. 그 질문에 라이 룽은 피식 웃을 뿐 대답해 주지 않았다. 라이 룽이 공간 너머로 걸어가자, 열린 공간이 닫혔다.

진 웨이는 축 늘어져서 양손으로 얼굴을 덮었다. 몇 분 되지 않는 시간이었지만 그사이에 땀으로 앞머리가 축축하게 젖어 있었다. 진 웨이는 욕설을 내뱉으며 제트스파의 물을 퍼서 얼굴에 끼얹었었다.

라이 룽은 자신의 입장에 대해 말해주지 않았다. 하지만, 그것으로 충분했다. 공격하지도 않았고, 적의를 내비치지도 않았다. 라이 룽이 한 것이라고는 찾아와서 경고를 전한 것뿐이었다. 앞으로 어찌 될지는 모를 일이지만, 당장 라이 룽은 적이 아니다.

'그건 다행이군.'

진 웨이는 라이 룽이 전해준 경고를 곱씹었다. 사신장에 대한 정보. 그리고 카르파고를 조심하라는 말…….

진 웨이는 아랫입술을 잘근 씹었다.

혈사자의 사도인 카르파고를 직접 만나본 적은 없었지만, 사도인 이상 라이 룽과 비견될 괴물일 것임은 틀림없었다. 그런데 왜 카르파고가 튀어나온단 말인가?

'무령과 혈사자 사이에 친분이 있나?'

그것은 확신할 수 없는 일이었지만, 다른 것은 확신할 수 있었다. 철혈궁 사신장을 죽여 코인을 얻은 것. 용성군의 사도인 라이 룽이 직접 찾아와 다음에 싸우게 될 사신장에 대한 정보를 준 것. 그를 종합하면…….

'사냥.'

진 웨이의 몸이 바르르 떨렸다. 백현은 '누군가'에게 철혈궁과 신장에 관한 이야기를 전해 들었다고 말했다. 그리고 용성군 또한 백현에게 사신장에 대한 정보를 주었다.

'백현에게 정보를 준 '누군가'는 다른 군주겠지.'

그렇다면 최소 두 명의 군주가 무령을 사냥하고자 하고 있다. 그리고 하이로드는 그 상황을 일단 관측하는 입장이고.

"제기랄."

진 웨이는 힘없이 물속에 머리를 담갔다.

'내가 감당하기에는 너무 큰 일입니다, 하이로드.'

하이로드는 이번에도 대답하지 않았다.

"넌 어째 어비스를 나와 있는데도 연락이 안 되냐?"

서민식은 까칠까칠하게 수염이 자란 백현의 몰골을 보면서 혀를 찼다.

어비스를 나오고서 일주일. 그 시간 동안 백현은 거실에 앉아서 무불마하신광을 뜯어고치는 것에 매진하고 있었다.

"연락이나 좀 하고 오지."

"네 핸드폰 배터리 다 돼서 꺼져 있더라. 알긴 했냐?"

"아니, 몰랐어."

백현은 두 눈을 끔벅거리며 대답했다. 일주일이라는 시간이 흘렀다는 것도 방금 알았다.

처음 무불마하신광을 펼쳐 구결에 집중했을 때만 해도 이틀의 시간이 흘렀었다. 워낙 푹 빠져 있던지라 그 정도 시간이 흘렀다는 것을 깨닫지 못했을 뿐이다.

"네 얼굴이나 좀 봐. 거지 같아."

백현은 손을 들어 자신의 얼굴을 어루만졌다. 까칠까칠하게 자란 수염이 거슬렸다.

"그 꼴이 되는 동안 뭘 하고 있었던 거야?"

"공부."

백현은 히죽 웃으며 대답했다. 일주일 동안 식음을 전폐하고 잠도 안 잤다. 그런데도 피곤하지 않고 배도 고프지 않았다. 물론 백현도 결국에는 사람인지라 언제까지고 이러고 있을 수는 없었다. 체내의 부족한 에너지를 내공으로 대체한다고 해도 한계는 있다.

"공부? 지금 와서 뭔 놈의 공부. 설마 외국어라도 배우냐?"

"그것도 생각 중이기는 한데. 지금 말고 다음에 배울 거야."

"그럼 뭔 공부를 했다는 건데?"

백현은 아직 손에 들고 있던 무불마하신광을 보여주었다.

"뭐 하는 거야?"

"보면 몰라?"

"모르니까 물어보지. 왜 손을 그렇게 들고 있어?"

서민은 눈살을 찡그리며 그렇게 물었다. 그 말에 백현은 두 눈을 동그랗게 떴다.

"이거 안 보여?"

"뭔 소리인지 모르겠네."

양도가 불가능한 아이템이라고 했다. 그런데 설마 아예 안 보일 줄이야. 백현은 신기한 기분을 느끼며 삼매진화를 일으켜 무불마하신광을 통째로 태워 버렸다.

서민식은 백현의 손바닥 위에서 불꽃이 타오르는 것을 보고 화들짝 놀라 뒤로 물러섰다.

"뭐 하는 거야?"

"이제 필요 없어서."

"아까부터 뭔 개소리를 하는 건지 모르겠네."

서민식이 투덜거렸다.

백현은 그 말에도 히죽 웃기만 했다. 무불마하신광의 구결은 완전히 외웠고, 보완을 거쳐 자신의 것으로 삼았다. 그러니 무불마하신광은 더 이상 필요 없었다.

"왜 왔나?"

"친구 보러오는 것에 이유가 있나?"

"언제부터 그렇게 우정이 쩔으셨다고."

"새끼 뻔뻔한 것 봐. 내 우정 개쩌는 거 대한민국 전 국민이 알아요."

"누가 몰라서 그래? 농담이야, 농담. 그런데, 이유 없이 온 거야?"

백현의 질문에 서민식이 착잡하단 표정을 지었다. 그는 잠시 백현을 보다가, 크게 한숨을 내쉬었다.

"화끈한 친구 둬서 참 피곤하네."

"뭔 말을 하시려고."

"일주일 동안 집에 처박혀서 뭘 하고 있었는지는 모르겠는데, TV 같은 거 안 봤냐?"

"어, 안 봤어."

"벨파르 천둥새 토벌."

서민식은 찡그린 미간 사이를 손끝으로 꾹 누르며 말했다.

"거기서 일 벌였잖아."

"아."

노리고 벌인 일이었다. 막상 현실에 돌아와서는 무불마하신 광에 푹 빠져 신경을 쓰지 못했지만.

"천둥새 혼자 잡은 거야, 그렇다 쳐. 그런데…… 그 뒤에 대체 뭔 일이 있었던 거냐?"

"토벌에 참가했던 헌터들이 뭐라 떠들었을 것 아냐."

"떠들었지, 떠들었어. 그런데 알아들을 수가 있어야지. 뭔가 일어나려 했고, 했던 것 같았고, 무서워서, 죽고 싶지 않아서…… 결국은 도망쳤다. 이게 끝이야."

유기가 강림했을 때, 도망치지 않고 남아 있던 것은 백현과 진 웨이뿐이었다. 다른 이들은 죄다 도망쳐 버려서, 천둥새 토벌 이후로 무슨 일이 벌어졌는지 제대로 알지 못하고 있었다.

"네가 하도 연락이 안 되니까, 너한테 들어갈 로비가 다 내 쪽으로 오더라. 제발 너랑 인터뷰 좀 하게 해달라고."

"그런 거 하기는 싫은데."

"시발, 그럴 줄 알았다."

"알면 왜 찾아와?"

"궁금해서 찾아왔다, 궁금해서!"

서민식이 버럭 고함을 질렀다.

"너야 세니까 당연히 안 뒤지겠지. 그래도 새끼야, 너 센 거 알아도 나는 너 뒤질까 봐 걱정하고 그러거든?"

"별일 없었어. 무령의 부하 중 하나가 날 죽이려고 강림했고, 그게 끝이야."

"……진짜 말 쉽게 한다."

서민식의 얼굴이 일그러졌다.

"군주의 부하가 강림했다고? 그게 뭔 소리야?"

따지듯 연속해서 묻는 말에 벨파르에서 있었던 일들에 관해 설명해 주었다. 이야기를 듣고 있는 내내 서민식의 표정은 다채롭게 변해갔다.

"너 그거 꼭 해야겠냐?"

모든 이야기를 듣고서, 서민식은 진지한 표정으로 물었다.

"왜 굳이 무령과 싸우려고 들어? 아직 안 늦었다며. 그냥 거기 떠나서 다른 곳으로 가. 동쪽이나 북쪽, 갈 곳 많잖아. 아니, 남쪽에 남아도 상관없지. 무령의 영지를 떠나면 되니까."

"왜 그래야 하는데?"

"보통 사람은 말이다, 길 가던 중에 위험한 것이 있으면 피해 가려고 해. 그런데 너는 왜……."

"나는 보통 사람이 아니잖아."

백현은 아무렇지도 않다는 듯 웃으며 대답했고, 서민식의 얼굴은 딱딱하게 굳었다.

'너 보통 사람이야.'

목구멍까지 올라온 말은 목소리가 되지 못했다.

'보통 사람이었지.'

식물인간이 되기 전의 백현은 보통 사람이었다. 하지만 지금은……. 서민식은 복잡한 기분을 느끼며 오랜 친구의 얼굴을 바라보았다.

이해는 하고 있다. 서민식이 알고 있는 백현은 식물인간이 되기 전, 5년 전의 백현이다. 하지만 지금의 백현은 식물인간 상태에서 깨어난 백현이 아니라, 도원경이라는 곳에서 20년을 보내고 온 백현이다.

"……그래도 좀 조심하라고, 새끼야."

서민식은 그 괴리감을 느끼지 않으려 의식하면서 내뱉었다.

서민식은 커다란 소파의 한가운데에 털썩 앉았다. 집으로 돌아오는 내내 느꼈던 미묘한 짜증이 그의 신경을 거슬리게 만들었다. 그는 높은 천장을 올려다보면서 눈썹을 찡그렸다.

일주일 동안 연락이 안 되던 친구 놈은 또 어비스로 들어가 버렸다. 그것이 서운하지는 않았다.

'초·중딩도 아니고.'

서민식은 주머니를 뒤져 담배를 꺼냈다. 베란다로 나가 담배에 불을 붙이면서, 백현과의 대화를 되새겼다.

'난 보통 사람이 아니잖아.'

그렇게 말하던 놈을 떠올리며 서민식은 쯧- 하고 혀를 찼다.

"아니기는, ×발……."

가슴이 답답했다. 가장 엿 같은 것은, 자기 스스로도 백현을 '보통 사람'이 아니라고 생각하고 있다는 것이었다. 서민식은 그런 자신에게 환멸을 느꼈다.

놈이 보낸 시간과 내가 보낸 시간이 다르다. 놈이 겪은 일과 내가 겪은 일이 다르다. 그렇다고 해서 놈이, 백현이 내가 알던 백현이 아니게 되는 것은 아니다. 그런데…… 그렇게 생각하고 싶은데. 괴리감을 느끼면서 조금씩 멀어지는 것만 같았다. 아무렇지 않게 친구로 대하려고 해도 조금씩 놈의 다름을 인정하게 된다. 어찌 보면 당연한 것일 수도 있겠지만, 서민식은 그것이 빌어 처먹도록 싫었다.

"……멀다."

서민식은 연기를 길게 내뿜으며 중얼거렸다.

만약 내가 놈보다 강했다면 이런 기분을 느끼지 않았을까?

내가 느끼고 싶은 것은 병신 같은 우월감인가?

문득 든 생각에 서민식은 헛웃음을 내뱉었다. 그딴 것이 아님은 서민식 스스로가 가장 잘 알고 있었다.

'열등감?'

차라리 그것과 비슷할지도 모르겠다. 가장 친한 친구가 해내는 일들을 보고 있으니 자신의 힘이 참 부질없게 느껴졌다. 이해하지 못할 일은 아니다. 백현의 힘은 20년 동안 도원경에서의 고된 수련으로 이룩해 낸 것이고, 서민식의 힘은 고작해야 5년을 어비스에서…… 그것도 템페스트에게 받아 얻은 권능으로 이룬 것이다.

잘 안다.

그래도 쓸쓸함이 느껴진다. 친구를 시기하는 마음은 없었지만, 나 자신이 약하다는 것이 싫었다. 쓸데없이 강한 자존심이 이럴 때는 방해였다.

백현은 멈추지 않는다. 계속해서 앞으로 나아갈 것이다. 그리고 그런 과격한 행보에는 반드시 방해가 들어오게 된다. 다른 군주 중 누군가, 무령처럼 백현을 마음에 들어하지 않는 군주가 백현을 제지하려 들겠지. 사실 이 일을 군주들이 방관하는 것 자체가 말도 안 되는 일이다. 만약 정말로 방관하려 한다면 틀림없이 다른 이유가 있는 것이다.

'쭉 내버려 두지는 않을 거야.'

이성적으로 생각해 보면 그게 당연했다. 당장 철혈궁의 사신장 중 하나가 백현에게 죽었다. 그리고 앞으로도…… 더 죽게 될 것이다.

"빌어먹을."

서민식은 작은 목소리로 내뱉었다. 그 말도 안 되는 일을 벌이고 있는 것이 어린 시절부터 쭉 함께 보낸 친구라는 것이 말도 안 된다고 느껴졌다. 서민식은 담배를 재떨이에 지져 껐다.

'난 뭘 하는 거야?'

아니, 난 대체 뭘 해야 하지?

서민식의 얼굴이 일그러졌다.

이대로 친구의 일이라 생각하며 내 일이나 신경 써야 하나?

[템페스트가 당신을 바라봅니다.]

괜찮아, 걱정하지 마, 신경 쓰지 않아도 돼. 위험하지 않을 거야. 백현은 걱정하는 서민식에게 그렇게 말해주었지만, 서민식은 그 말을 무턱대고 믿을 수 없었다. 이건 누가 봐도 위험한 일이었다. 대부분의 헌터는 의식조차 하지 못하는 일일 테지만, 지금 백현은 스스로 폭풍을 일으키려 하고 있었다.

[템페스트가 당신을 바라봅니다.]

서민식은 자신의 힘에 크게 부족함을 느낀 적이 없었다. 세상에는 그보다 레벨이 높은 헌터가 많다.

현재 서민식의 레벨은 233. 전 세계에서 레벨 300 이상의 헌터는 정확히 24명이다. 단순 수치상으로 서민식의 레벨은 중상위밖에 되지 않는다. 한국에서 두 번째로 높은 레벨, 아니, 박준환이 죽은 덕에 이제는 가장 높은 레벨이 되었지만. 그래 봤자 인구수 5,000만 나라에서 가장 높은 레벨일 뿐이다.

그래도 약하다고 느낀 적은 없었다.

템페스트는 분명 서민식에게 많은 것을 내려주지 않았다. 계시도, 아티펙트도, 신물도 내려준 적이 없었고, 서민식이 가진 권능이 다른 헌터들보다 뛰어난 것도 아니었다.

객관적으로 봤을 때 서민식의 권능은 다른 템페스트의 헌터들과 비교했을 때 크게 다른 것이 없었다.

레벨과 권능이 헌터의 강함을 결정짓는 큰 요인인 것은 사실이지만 그보다 중요한 것은 어떻게 싸우고, 어떻게 활용하느냐다.

자신보다 레벨이 훨씬 높은 헌터들이 무리지어 돌아다니는 북쪽 최전선. 그곳에서 서민식은 혼자 미조사 지역을 떠돌고 있었다. 이유는 빠르게 레벨을 올리기 위해서였지만, 그게 가능했던 것은 서민식에게 그럴 만한 강함이 있기 때문이었다.

'부족해.'

그것으로는 부족했다.

몬스터를 잡는 것에 어려움을 느낀 적은 없다. 서민식은 다른 템페스트의 헌터들과 똑같은 권능을 가지고 있지만 어떻게 해야 효율적으로 권능을 활용하고 몬스터를 사냥할 수 있는지 잘 알고 있었다. 그건 확실한 재능이었다.

하지만 그것으로는 부족하다.

서민식은 백현처럼 천둥새를 혼자 토벌할 수 없다. 백현처럼 군주의 권속과 싸울 수 없다. 사도는커녕 예비 사도와 싸우는 것도 불가능하다.

힘이 필요했다. 더 강한 힘이. 친구의 곁에 설 수는 없더라도, 친구의 발목을 잡지 않을 정도의 힘이.

[템페스트가 당신을 우울한 눈으로 바라봅니다.]

"그래."

서민식은 끓는 목소리로 내뱉었다.

템페스트의 총애…… 백현에게 듣지 않았더라면 총애를 받고 있다는 사실조차 알지 못했을 것이다.

"당신은 아무것도 해주지 않겠지."

사도의 시련을 내리지 않고, 계시도 내리지 않고, 아티펙트도 내려주지 않는다. 처음에는 야속하다는 생각이 대부분이었지만, 이쯤 되면 야속하다기보다는 의문이 든다.

총애하면서 왜 아무것도 해주지 않는 것일까. 도대체 왜.

'뭔가 이유가 있어서.'

그렇다고는 해도. 힘이 필요했다.

서민식은 머릿속에서 어비스의 심연을 떠올렸다. 남쪽으로 갈 생각은 없었다. 가봤자 방해만 된다는 것을 알았기 때문이다. 친구의 발목만 잡게 될 것이다. 어쩌면 괜한 행동으로 인해 백현을 위험에 빠뜨릴지도 모른다.

"사도로 삼지 않아도 돼."

북쪽의 매서운 바람을 받으며, 서민식은 인벤토리에서 로브를 꺼내 걸쳤다.

"그래도 레벨은 올려주세요. 내가 하는 만큼은요. 네?"

서민식은 그렇게 투덜거리며 설원을 걷기 시작했다.

4장
환멸

"아무렇지도 않은 겁니까?"

진 웨이는 앞서 걷는 백현의 뒤를 따라가면서 볼멘소리로 물었다. 일주일 만에 대뜸 연락이 와 어비스에서 보자고 말했을 때, 진 웨이는 설마 백현이 진짜로 먼저 연락을 해줄 것이라고는 생각하지 못해 적잖게 당황했었다.

그리고 이해도 되지 않았다.

진 웨이는 분명 라이 룽의 메시지를 전했다. 다음에 맞닥뜨리게 될 사신장은 검을 쓴다는 것과 혈사자의 사도인 카르파고를 조심하라는 말. 그 말을 듣고도 백현은 별 반응을 보이지 않고, 곧바로 이동을 시작했다.

"뭐가요?"

"……두렵거나, 뭐 그런 것…… 아니, 아닙니다. 묻는 내가 병신이지."

진 웨이는 아무렇지 않다는 표정을 지으며 고개를 돌린 백현을 보고 어깨를 가늘게 떨었다.

저 어그러진 광기는 진 웨이의 이해를 벗어나 있었다. 가진 힘에 대한 자신감? 아니, 그것보다는 스스로 불길로 날아드는 부나방 같았다.

'그런 주제에 죽고 싶지 않다니. 제정신이 아니야.'

아무 생각 없이 행동하는 것은 아니었다.

용성군의 사도인 라이 룽이 직접 움직여서 진 웨이에게 경고를 전했다.

그것이 어떤 의미를 갖는가. 백현은 군주들의 관계를 모른다. 단, 그들이 무조건 서로에게 우호적이지 않다는 것은 충분히 알고 있었다.

퓨어세인트는 백현을 충동질해 무령과 직접적인 마찰을 빚는 것을 바라고 있고, 하이로드는 그것을 가까이서 관측하고자 한다. 거기에 용성군과 혈사자가 추가되었다.

용성군은 무엇을 바라는 것일까. 라이 룽의 경고만을 보면 백현이 하는 일, 무령을 공격하는 것에 호의를 가진 것 같은데. 그런 것 치고는 도와주는 것이 어설프다. 그건 퓨어세인트도 마찬가지였다.

만약 그들이 정말로 무령의 파멸을 원한다면, 자신들의 사도를 직접 보내 백현을 돕게 하는 것이 쉽고 편한 일이다. 하지만 용성군과 퓨어세인트는 몇 발 물러선 채, 백현에게 정보를 조금씩 던져주며 행동을 의도하기만 하고 있었다.

'그들이 바라는 게 무령의 파멸이 아니라면?'

그렇다면 그들은 이 일로 무엇을 바라는 것일까. 하이로드는 정확히 무엇을 관측하고자 하는 것일까. 혈사자는 무령의 아군인가? 아니면 그걸 떠나, 단순히 백현이 마음에 들지 않아 견제하는 것뿐일까.

"그런데, 당신 중국인 아니었어요?"

"그럼 제가 미국인이겠습니까?"

"그런데 한국어 되게 잘하던데."

"나는 세상에 존재하는 대부분의 언어를 사용할 수 있습니다. 한국어도 못하는데 당신에게 번호를 왜 알려줬겠습니까?"

진 웨이가 투덜거렸다. 물론 그것은 진 웨이가 엄청난 천재여서가 아니라, 하이로드의 권능 덕분에 가능한 일이다.

"궁금한 게 있는데, 사도가 된다는 것은 어떤 의미예요?"

"꼭 대답할 의무는 없겠죠?"

"뭐 얼마나 어려운 질문이라고."

백현이 피식 웃으며 중얼거렸다.

그 말에 진 웨이는 속이 부글부글 끓는 것을 느꼈다.

"……지금의 정식 사도들은 모두가 한때 예비 사도였죠. 그들 모두, 사도로 선택되었을 때 똑같은 질문을 들었습니다. 사도가 된다는 것이 어떤 의미인가? 그리고 여태까지 그 질문에 제대로 된 대답을 한 사도는 단 한 명도 없었습니다."

"그래서 당신도 안 해주겠다고요?"

"네, 안 해줄 겁니다. 그리고 까놓고 말해서, 나도 사도가 된다는 것이 정확히 어떤 의미인지는 모릅니다. 나는 정식 사도가 아니니까요."

사실과 거짓이 섞인 말이었다. 진 웨이는 사도가 된다는 것이 어떤 의미인지는 어렴풋이 알고 있다. 하지만 진 웨이가 알고 있는 것이 사도의 전부는 아니었다.

"……사도의 의미는 군주마다 다릅니다."

진 웨이는 백현의 뒤를 따라가며 중얼거렸다. 백현이 은연중에 내비친 살기 때문이었다.

"진짜로요. 내가 아는 것은 이 정도가 전부입니다. 사도에게 정확히 어떤 의미를 부여하는지는 군주들만 알고 있을 겁니다. 아니, 어쩌면 사도들 자신도 알지 못할 수도 있지만…… 전 몰라요. 정식 사도가 아니라서."

사도마다 부여되는 의미가 다르다……. 백현은 그 말을 생각하며 턱을 어루만졌다.

무령은 예비 사도인 박준환에게 어떤 의미를 부여했을까.

템페스트의 사도가 된다는 것은 어떤 의미를 가지고 있기에 서민식이 사도로 선택되지 않는 것일까.

[미조사 지역, 나베르 골짜기에 진입합니다.]

이름이 붙기는 했지만, 아직 조사가 채 끝나지 않은 지역이다. 나베르 골짜기는 게이트도 발견되지 않았고 거주 구역도 없었다.

'멀리.'

백현은 골짜기 너머를 보았다.

금위신장(禁衛神將) 제종은 골짜기의 끝에 가부좌를 틀고 앉아 있었다.

제종은 먼 기억을 떠올렸다. 철혈궁이 아직 철혈궁이라 불리기 전. 궁주(宮主)인 무령은 물론, 사신장과 휘하의 철병(撤兵)들이 아직 인간이었던 시절의 기억을.

너무 오랜 세월이 흐른 데다, 그 시절의 기억은 철혈궁의 모두에게 근원과도 같은 일이라 떠올리는 것 자체가 금기고 모욕적인 일이다. 제종 역시, 여태까지 그 오래전의 기억을 의식하여 떠올리고자 한 적은 없었다.

철혈궁의 모두는 한때 인간이었지만, 지금은 인간이 아니다. 필멸의 굴레를 벗어던지고 인간을 초월해, 인간이 아닌 존재가 되었다. 인간이었으나 인간이 아니게 된 그들에게, 인간은 하찮은 벌레와 같은 존재들이었다.

'그런 벌레가.'

사신장 중 하나인 유기를 죽였다. 제종은 아주 먼 기억을 좇았다. 인간이었을 적의 기억. 철혈궁의 금위신장 제종이 아니라, 교주 직속 친위대 중 일인이었던 검흉(劍凶) 제종이었을 때의 기억을.

인간이 이룩할 수 있는 무(武)에는 한계가 있다.

한때 인간이었기에, 제종은 그 사실을 누구보다 잘 알고 있었다. 그것은 비단 제종뿐만이 아니라 철혈궁의 모두가 아는 사실이었다.

천마신교 역대 제일의 천재라고까지 불렸던 교주. 그는 천하제일인이 되어 마도천하를 이루었으나 무도(武道)에 끝이 없음에 절망했고, 인간의 몸으로는 무도의 끝을 볼 수 없음을 통감했다.

천마신교는 역대 모든 교주를 신으로 모신다. 일대 천마를 무의 신으로 섬기며, 교주가 죽으면 인세를 벗어나 완전한 신이 된다고 생각했다.

하지만 제종이 섬기던 교주는 그것을 부정했다.

역대 천마는 결국 모두가 인간이었고, 인간인 채 죽었을 뿐이라 일갈했다. 반발하던 원로들은 교주의 손에 맞아 죽었다. 늙은 원로들의 피로 양손을 흠뻑 적신 교주는 신이 된 역대 천마들을 모시던 사당으로 들어가, 그들의 미라를 제 손으로 갈기갈기 찢고 사당을 무너뜨렸다. 제종을 비롯한 친위대와 교도들은 교주가 벌인 모든 행동을 지켜보며, 교주의 말을 사실이라 받아들였다.

그들에게 있어서 교주는 인세에 강림한 무신이었다. 그 무신 스스로가 아직 인간이라 말하는데 어찌 아니라 할 수 있을까.

교주는 닥치는 대로 무공서를 긁어모았다. 무림의 모든 무공서가 천마신교로 흘러들어 왔다. 사마외도의 무공은 물론이고 불가, 도가의 무공까지 가리지 않았다. 교주는 닥치는 대로 무공서를 탐닉하면서 무도의 끝을 보아 진짜 신이 되고자 했다.

그렇게 수십 년의 세월이 흐르고, 모두가 늙었다. 교주의 무공은 하늘에 닿았으나 그를 신으로 만들지는 못했다.

집단 자살이 빈번히 일어났다. 교주가 역대 천마들을 부정했을 때, 교도들은 지금의 교주가 진정한 신이 되어 자신들을 이끌어주리라 믿어 의심치 않았었다.

수십 년의 세월은 믿음을 절망으로 바꾸었다. 결국, 교주는 신이 되지 못했다.

하지만 인간이 아니게 되는 것에는 성공했다. 수많은 교도의 목숨을 사악(邪惡)에 바쳐가며, 교주와 교주를 따르던 천마신교의 고수들은 필멸의 굴레를 벗어던질 수 있었다.

철혈궁은 그렇게 만들어졌다.

그리 떠올리고 싶지 않은 굴욕적인 기억이다. 철혈궁의 모두는 무도(武道)를 포기하고 사악에 몸을 맡겨 사도(邪道)를 통해 필멸의 굴레를 벗어났다. 그 후의 긴 세월 동안, 그들은 다시 한번 무를 추구했다.

'너는 최후에 그 인간을 인정했나?'

무의 총애를 입에 담았다. 그것에 무령이 분노했음을 잘 알면서도. 황홀한 죽음이라고도 했다. 죽음을 받아들이면서 적에게 찬사를 보냈다.

그래서는 안 되었다. 모두가 한때 인간이었다. 모두가 인간이었을 적 무의 끝을 추구했다. 끝내 사도를 걸어 필멸의 굴레를 벗었으나…… 그렇기에 인간이 가진 가능성이 얼마나 하찮은 것인지 알게 되었다.

'무의 총애라는 것은 없다.'

제종은 다리에 올려놓은 검을 내려 보았다.

'어쩌면 무라는 것조차 허상……'

무령이 들으면 진노할 이야기였지만, 제종은 그렇게 생각할 수밖에 없었다.

3

결국, 무엇이 변했나?

천마신교가 철혈궁이 되고, 교주가 무령이 되고, 검흉이 금위신장이 되었다. 수십만 교도의 목숨을 사악에 바쳐가며 사법을 이루어냈다.

무엇이 변했나?

필멸성을 잃었다. 하지만 교주는 신이 되지 못했다. 필멸성을 잃은 덕에 긴 세월을 무에 정진할 수 있었으나, 결국에 신이 되지 못한 무령은 이 혼돈의 세계에 철혈궁을 이끌고 들어왔다.

이번에도 아무것도 변하지 않고 똑같았다.

신이 되지 못한. 사법으로 필멸성을 벗어던진 교주는, 이번에도 무가 아닌 사법으로 신이 되고자 하고 있었다. 다른 군주들이 보기에 얼마나 하찮을까. 인간을 벌레로 취급하는 무령의 근원이 사실은 인간이라니. 군주 중 그런 모순을 가진 것은 무령뿐이다.

제종은 큭큭 웃으면서 몸을 일으켰다.

"네 이름을 안다."

제종은 멈춰 서 있는 백현을 보며 입을 열었다.

"백현. 스스로 무의 총애를 받는다고 했던가."

"나는 네 이름을 몰라."

제종이 앉아 있는 것은 저 멀리서부터 보고 있었다.

그때부터 진 웨이는 따라오는 속도를 줄여 백현과 거리를 두었다. 절대로 싸움에 휘말리고 싶지 않았기 때문이었다.

"물어보면 알려주나?"

"금위신장 제종."

제종은 그렇게 말하면서 손에 쥔 검을 들어 보였다.

"보다시피 검을 쓰지."

"난 보다시피 무기는 안 써."

백현은 아무것도 쥐지 않은 양손을 활짝 펴 보이면서 말했다. 그 말에 제종이 큭큭 웃었다.

"너는 이상하구나."

제종의 검은 평범했다. 특별히 얇지도, 특별히 길지도 않았다. 검은 찌르거나 베는 것에 사용하는 무기다. 제종의 검은 그중 무엇에 특화되지도 않았기에, 둘 다 펼치는 것이 가능했다.

"너에게는 긴장도 두려움도 느껴지지 않아."

"할 필요가 없으니까."

"싸우는 것이 좋으냐?"

"싫으면 이곳까지 오지도 않았지. 너는 싫으냐?"

"오래전에는 즐겼다."

제종의 검이 검집에서 빠져나왔다. 그는 한 손으로 검을 쥐고, 다른 한 손으로는 검집을 쥐었다.

"즐기지 않게 된 지는 오래되었지."

"너무 강해져서? 상대가 없어서?"

"환멸했기 때문이다."

제종은 무덤덤한 목소리로 대답했다.

"대단한 이유는 아니다. 환멸해서…… 그게 전부다."

"뭐에 환멸했다는 거냐?"

"무(武)."

제종의 대답에 백현은 피식 웃었다. 듣기 좋은 웃음소리는 아니었다.

제종의 눈썹이 꿈틀거렸다.

"뭐가 우습나?"

"무에 환멸했다고 말하는 네 말이."

"그게 왜 우습지?"

"네 멋대로 기대하고 환상을 가진 거잖아. 그게 바라는 대로 되지 않았다고 환멸했다니. 우스울 수밖에."

백현은 그렇게 이죽거리면서 펼쳐 보였던 양손으로 주먹을 쥐었다.

제종의 눈이 가늘어졌다. 아무것도 느껴지지 않던 제종에게서 새파란 예기가 솟구쳤다.

"……유기는 너를 인정하고 죽었다."

제종이 검을 천천히 옆으로 뉘었다. 제종의 몸을 둘러싼 날카로운 예기가 검을 휘감았다.

"네가 말했던 무의 총애. 유기가 그것을 인정하였던 것인지, 아니면 네가 도달한 무(武) 자체를 인정한 것인지 나는 모른다. 그러니 확인해 보고 싶군."

"얼마든지."

파천신화공이 운용되었다. 백현은 확실한 예감을 느낄 수 있었다. 제종은 유기보다 훨씬 강했다. 그것은 긴장이 아닌 즐거움을 전해주었다. 유기와 싸우는 것도 재미있었는데 제종과의 싸움은 얼마나 즐거울까? 나는 이 싸움으로 패배할 수 있을까? 패배하면 그것도 좋았다. 그것으로 분명, 틀림없이 더 강해질 수 있을 테니까.

'아니.'

백현은 호신강기를 전신에 휘감고서 성큼성큼 앞으로 걸었다. 패배 역시 즐거운 일이겠지만, 그렇다고 패배를 생각하지는 않았다.

이길 수 있다. 이긴다.

그것 역시 백현을 더 강하게 만들어 줄 것이다.

유기를 죽여 무불마하신광을 얻어서 강해졌던 것을 말하는 것이 아니다. 모든 싸움. 모든 경험. 백현은 그것들이 자신을 강하게 만들어줄 것이란 확신을 가지고 있었다.

'조금 보일 것 같아.'

파천신화공은 아직 오성.

그 너머로 가는 길이, 제종을 쓰러뜨리면 보일 것 같았다.

'확인하게 해다오.'

제종의 검이 떨렸다. 무형의 참격이 공간을 뒤덮었다.

백현은 자신을 덮쳐오는 수백 개의 예기를 느끼며 양손을 떨쳤다.

꽈아앙!

소리가 크게 울려 퍼졌다. 백현의 장력과 참격이 충돌했다. 백현은 크게 발을 뻗어 땅을 밟았다. 무릎에 힘이 들어가며 백현의 몸이 앞으로 쭈욱 밀려났다.

파앙!

백현의 몸이 앞으로 쏘아졌다.

제종은 기다렸다는 듯 백현을 맞이하러 나왔다. 제종의 몸을 휘감은 백색의 호신강기가 응축되었다. 검을 쥔 제종은 잘 벼려진 한 자루의 검과 같았다.

신검합일. 제종의 모든 것이 검에 담겼다. 그리고 쏘아졌다. 그의 찌르기는 상상 이상의 속도를 가지고 있었다.

백현은 뛰어나가는 와중에 자세를 비틀며 활짝 편 오른손을 수도(手刀)로 삼아 제종의 검과 마주 찔렀다. 검과 닿는 순간 백현의 어깨 관절이 움직이고 백현의 몸이 공중에서 회전했다. 그 순간에 휘두른 다리가 제종의 머리를 노렸다.

제종은 왼손에 든 검집을 들어 백현의 발을 막아냈다. 연이어 휘두른 참격이 백현의 가슴팍을 베려 했다. 백현은 검집에 걸친 다리를 접어 몸의 위치를 바꾸었다. 제종의 검이 허공을 베었다.

'날카롭다.'

어지간한 참격이면 호신강기를 믿고 받아낼 텐데. 제종의 검은 그럴 정도로 무디지 않았다. 맞으면 베인다. 깊이 베이지는 않겠지만 가급적이면 베이지 않고 이기고 싶었다.

살을 주고 뼈를 취한다? 그것도 방법이겠지만, 벌써부터 사용하기에는 너무 과하고 일렀다.

백현이 땅에 내려오자 제종은 다시 한번 백현을 향해 뛰어들었다. 서로가 기공(氣攻)에 익숙한 이상 거리는 큰 이점이 되지 못했기에, 그는 섣불리 검을 휘두르지 않고 백현이 다가오지 못할 거리를 유지하며 기회를 노렸다.

이윽고 흉신악살귀검(凶神惡煞鬼劍)이 펼쳐지며 제종의 몸을 휘감은 예기가 흉험한 마기를 발했다.

여태까지 백현은 제종에게서 살기를 느끼지 못했었다. 처음 제종의 존재를 포착했을 때도, 제종이 앉아 있는 곳에 도착했을 때도, 제종이 검을 쥐고 휘둘렀을 때도. 하지만 지금의 제종은 끔찍한 살기로 범벅되어 있었다. 그 살기는 너무 진하고 흉험하여 전신을 바늘로 찌르는 것만 같았다.

'아.'

백현은 급히 몸을 뒤로 빼냈다.

쌔액!

제종의 검이 백현의 호신강기를 베고 지나갔다.

백현의 눈으로도 쫓기 힘든 초고속의 검격. 감각으로 느끼려 해도 흉험한 살기가 감각을 엉키게 만든다. 단순히 빠를 뿐만이 아니다. 백현은 자신의 호신강기가 통째로 베여 흩어지는 것을 보며 히죽 웃었다.

제종의 무기는 검뿐만이 아니었다. 그가 왼손에 쥐고 있는 검집. 단순한 검집이라고 해도 얻어맞는다면 뼈가 박살이 날 텐데, 제종의 검집은 살기로 범벅된 예기에 휘감겨 있었다.

백현은 머리로 휘두른 검집을 피해 자세를 크게 낮추었다. 땅으로 양손을 짚고서 다리로 지면을 휩쓸었다. 그러자 제종이 훌쩍 뛰어올랐다. 제종의 검이 반월을 그리며 휘둘러졌다.

백현은 이형환위로 그 자리에서 벗어나며 제종의 등 뒤로 뛰어올랐다. 그러자 제종의 몸을 휘감고 있던 흉험한 예기가 증폭되었다.

귀검흉살(鬼劍凶殺).

촤아아악!

제종의 몸 전체가 검이 되었다. 그는 움직이지 않았지만, 그를 휘감은 예기가 수많은 검이 되어 제종을 중심으로 해 주변을 휩쓸었다. 그건 단순한 기검(氣劍)이 아니라 검강(劍罡)의 난무였다. 백현은 오싹한 희열을 느끼며 양손으로 수도를 만들었다.

매화요란(梅花搖亂).

양손을 휘감은 강기가 날카로운 예기를 띠었다. 화산파 제일의 검수였던 매화검선의 검기(劍技)가 검을 쥐지 않은 백현의 양손에서 펼쳐졌다. 백현의 양손이 화려한 곡선을 그리며 잔상을 만들었다.

콰콰쾅!

귀검흉살과 매화요란의 검강이 충돌했다.

'검강?'

강기라고 해서 다 같은 강기인 것이 아니다. 무엇으로 펼치고, 무엇을 담느냐에 따라 강기의 성질이 달라진다. 방금 백현이 펼친 강기는 맨손으로 펼친 것임에도 검으로 펼친 것과 진배없는 날카로움이 있었다.

하나 제종은 놀라지 않았다. 무의 총애를 받는다고 말했다면 저 정도는 당연히 할 줄 알아야 했다.

'더 느끼게 해다오.'

제종의 두 눈이 번뜩였다. 그의 살기가 더욱더 부풀어 올랐다. 너무 강렬해진 살기가 공간을 뒤흔들었다.

끼이이이!

제종의 검이 소름 끼치는 소리를 발했다.

천천히 아래로 떨어지던 백현은 제종의 양팔이 잔상을 그리며 움직이는 것을 보았다.

흉악참살(凶惡慘殺)의 베고, 찌르고. 그런 동작이 나오기도 전에 소름 끼치는 살기가 백현을 죽이고자 했다.

공간 전체가 살검이 되어 백현을 베어왔다. 백현은 빈틈없이 몰아치는 참격을 상대로 바쁘게 움직였다. 빠져나갈 틈이 없다면 모조리 피하면 그만이었다.

제종은 쉼 없이 움직이는 백현을 노리고 검을 들었다. 너무 과한 거리에서 뻗은 찌르기가 섬뜩한 위력을 갖고서 공간을 꿰뚫었다. 백현은 흠칫 놀라 공중 곡예를 펼치듯 허공에서 몸을 비틀었다.

푸확!

급하게 펼친 회피 동작 덕에 아슬아슬하게 호신강기만 꿰뚫리고 말았다. 백현의 입꼬리가 씰룩거렸다. 즐거워서 정신이 돌아버릴 것만 같았다.

백현은 공중을 발로 박찼다. 순식간에 펼쳐진 낭아천섬이 백현의 몸을 휘감았다. 백현은 즉시 풍신천주를 펼쳐 하늘을 날았다.

제종은 폭풍을 일으키며 날아오는 백현을 노리고서 다시 한번 더 찌르기를 가했다.

쿠와아앙!

폭풍이 흩어졌다.

하지만 그 안에 백현은 없었다. 풍신천주로 달려 나가는 순간, 백현은 암령의 무아신형을 통해 자신의 기척을 완전히 지워냈다. 그리고 공간을 가득 채운 살기 속으로 파고들었다. 요란한 폭풍은 눈속임이었을 뿐이다.

'없다?'

제종은 흩어져 사라지는 폭풍을 보며 흠칫 놀랐다. 하지만 그는 당황하지 않았다. 그의 몸을 휘감은 예기가 또다시 증폭되었다.

콰가가각!

제종의 주변 모든 것이 베어졌다. 제종 본인이 수백, 수천 자루의 검이 되어 귀검흉살의 참격을 흩뿌렸다. 모래 알갱이 하나하나가 수십, 수백 조각으로 베어 쪼개졌다.

주변의 모든 것을 베어버리면서도 제종은 의식을 집중해 백현의 기척을 쫓았다. 공간에 널리 퍼졌던 살기가 제종에게로 모여들었다.

'살기 자체를 검으로 벼렸어.'

줄기차게 내뿜은 살기에 예기를 섞었다. 그것은 보이지 않는 검이 되어 순식간에 참격을 만들어낸다. 거리를 좁히면 몸에 두른 예기로 베어버린다.

피해가며 공략법을 찾을까?

그것도 방법의 하나겠지만, 저 정도로 매서운 공격을 맞닥뜨리면, 피하는 것보다는 정면으로 들어가고 싶다. 정면에서 하나하나 박살 내고 싶다.

백현은 가슴 속에서 간질거리는 욕구를 참지 않았다. 할 수 없다면 또 모를 일이지만. 할 수 있을 것 같은데 왜 피해간단 말인가?

자칫하면 온몸이 난도질당할 수 있는 참격을 향해, 백현은 굳이 몸을 드러냈다. 제종과 그리 떨어지지 않은 위치였다.

기척이 잡힌 순간 제종은 검을 휘둘렀다. 그가 검을 휘둘렀을 때 살기의 참격이 휘두른 검과 함께 백현을 덮쳐왔다.

백현은 오른손을 앞으로 쭉 내밀고서 앞으로 뛰쳐나갔다. 뻗어 세운 수도가 시커먼 검강에 휘감겼다. 불꽃처럼 일렁거리는 검강이 공간을 관통했다.

백현은 곧게 뻗은 오른팔 전체를 검처럼 휘둘렀다. 그러자 공간이 시커먼 참격에 찢겼다. 공간을 베어버린 시커먼 검강의 안에서 수백 개의 참격이 파도를 만들었다. 검 한 자루를 쥐고 비무행에 나섰던 흑풍괴마의 흑암광풍(黑暗狂風)이었다. 쉬지 않고 덮쳐오는 참격을 상대로 백현은 오른팔을 미친 듯이 휘둘렀다.

그에게 '진짜' 검은 필요 없었다.

제종도 그것을 알았다. 지금 백현의 오른팔을 휘감은 검강은, 평생 검을 휘둘러 온 제종으로서도 흠잡을 곳이 없을 정도로 완벽하게 벼려져 있었다.

'놀랍다.'

제종은 검수로서 순수하게 감탄했고, 그런 자신에게 순간 경멸을 느꼈다. 무에 환멸을 느꼈다는 말을 입에 담은 주제에, 상대가 이룩한 무에 경탄을 느끼다니. 무도에 환멸을 느낀 순간 제종은 스스로를 무인이라 생각하는 것을 그만두었다. 제종에게 있어서 무령을 포함한 철혈궁의 모두가 비참한 도망자일 뿐이었다. 그러니 경탄해서는 안 된다.

모순이다.

무에 환멸을 느끼고 스스로를 무인이라 생각하지 않는다고 하면서, 제종은 백현의 무를 보고, 겪고 싶어 이곳에 왔다. 철혈궁의 성벽이자 방패인 금강신장 유기를 무너뜨린 그 힘. 무의 총애를 받는 '인간'이 이룩한 힘을 보고 싶었다.

스스로를 무인이라 여기기에 그리 바라는 것 아닌가?

제종은 스스로의 모순을 무시했다.

백현은 제종의 모순을 모른다. 지금 이 순간, 서로에게 중요한 것은 그따위 것이 아니었다. 참격과 참격이 부딪쳤다. 튀긴 검강의 파편이 허공을 수놓는 불꽃이 되었다.

백현은 조금씩 앞으로 나아갔다. 궤적을 읽고 예측해 휘둘렀다. 눈으로 보고 늦지 않게 휘둘렀다. 중간중간 섞어 넣은 찌르기로 틈을 노렸으나 제종의 참격이 기다렸다는 듯이 받아친다. 되돌려 주듯 찔러오는 검을 피해 몸을 비틀었다.

'잡았다.'

피하지 않고 정면으로 파고든 끝에 파국이 찾아왔다. 백현의 발이 쭈욱 앞으로 밀렸다. 튕기며 쏘아진 몸이 순식간에 제종과의 거리를 좁혔다.

제종이 흠칫 놀라 발을 뒤로 끌었다.

본래 서로에게 거리는 크게 중요하지 않았으나, 지금은 이야기가 달랐다. 이 거리는 제종보다는 백현에게 압도적으로 유리한 거리였다.

'늦어⋯⋯!'

제종은 아랫입술을 뿌득 씹었다. 백현의 '검'이 제종의 허리를 베어왔다. 제종은 급히 쥐고 있던 검을 돌려 허리로 내렸다.

까앙!

검과 검이 부딪쳤다. 제종의 발이 옆으로 조금 밀렸다. 제종은 왼손에 쥐고 있던 검집을 백현의 어깨로 내려찍었다. 그러자 백현은 몸의 각도를 기울여 제종에게 바짝 붙었다.

'검이⋯⋯.'

아니다.

백현은 처음부터 검 따위를 쥐고 있지 않았다. 당연한 사실을 순간 망각했다. 제종의 검과 맞닿아 있던 백현의 팔이 '접혀' 제종의 허리를 감싸 안았다. 백현의 어깨를 노리고 떨어지던 검집은 백현을 노리지 못했다. 그렇다고 얌전히 두지도 않았다. 백현은 손을 들어 제종의 손목을 잡아 비틀었다.

우드득!

검집을 잡고 있던 제종의 손이 백현의 손에 잡혀 꺾였다. 검집이 아래로 떨어졌다.

"잡았다."

생각이 목소리가 되어 입 밖으로, 희열에 찬 선고가 되었다. 이를 악문 제종이 내공을 끌어 올렸다. 호신강기가 완성되기 전에, 백현의 손이 천천히 제종의 가슴으로 향했다.

'아.'

쿠웅.

가볍게 닿은 손이 제종의 의식을 뒤흔들었다. 손바닥에서 밀려 들어온 파괴적인 힘이 제종의 몸 안에서 폭발을 일으켰다.

"쿨럭!"

제종의 코와 입에서 시커멓게 죽은 피가 뿜어지고, 상체가 뒤로 크게 꺾였다. 백현은 여전히 다른 팔로 제종의 허리를 단단히 끌어안고 있었다. 한 번 더 백현의 일장이 제종의 가슴을 두들겼다. 제종의 얼굴이 일그러졌다.

"커, 헉!"

제종의 발이 붕 떠오르는 순간 백현이 제종의 허리를 놓아주었다. 제종의 몸이 충격에 뒤로 날아가 땅을 뒹굴었다.

산산조각이 나는 것 같은…… 아니, 정말로 몸 안이 산산조각이 났다. 제종은 바닥에 누워 몸을 비틀면서 쿨럭거리며 피를 토했다.

"허억…… 헉! 크륵……!"

검은 피를 토해내던 제종은 저벅거리는 발소리를 들었다. 그는 간신히 고개를 들어 다가오는 백현을 보았다. 희열에 찬 웃음을 짓고 있는 백현을 본 순간, 제종은 저것이 도저히 인간이라고는 생각할 수가 없었다.

"하…… 하하! 하하하하!"

제종은 미친 듯이 웃으면서 몸을 일으켰다. 아직 그는 검을 손에 쥐고 있었다. 인간이 아니게 된 몸뚱이는 내가중수법으로 파괴된 내장을 빠르게 재생시키고 있었다. 제종은 자신이 얻게 된 인외성이 이런 종류의 것임에 감사했다.

'더 싸울 수 있다.'

환멸? 모순?

제종은 더 이상 그것에 대해 아무런 생각도 하지 않았다. 그는 턱을 적시고 흘러내린 핏물을 손등으로 벅벅 문질러 닦았다. 진심으로 눈앞에 있는 '괴물'의 무를 보고, 겪고 싶다고 느꼈다.

그리고 다른 감정. 이건…… 경탄, 아니, 경외(敬畏)였다. 오래전의 교주에게. 그래, 무령이 아닌 교주에게 느꼈던 그 경외감이 다시 한번 제종의 가슴을 떨리게 만들었다.

"내…… 검법은 흉신악살귀검이라고 한다."

제종은 다가오는 백현을 향해 흥분한 목소리로 내뱉었다.

"여태까지 쓴 검초는 귀검흉살과 흉악참살 둘. 아직…… 더 할 수 있다. 받아보겠나?"

"얼마든지."

백현은 히죽 웃으며 대답했다.

그 대답에 제종은 피범벅인 입술을 비틀어 미소 지었다.

그 웃음을 보던 백현이 툭 내뱉었다.

"아까보다 훨씬 낫다, 야."

"……뭐라고……?"

"환멸이니 뭐니 지껄였을 때보다 지금이 훨씬 좋은 표정이라고."

제종의 두 눈이 멍해졌다. 그는 떨리는 손을 들어, 웃고 있는 자신의 입가를 더듬어 만졌다.

"재밌지?"

백현은 손가락을 우둑 꺾으며 물었다.

"쓸데없는 기대나 환상 같은 것을 가지지 않아도."

백현의 발끝이 들렸다.

"그냥 재밌잖아."

제종은 입가를 더듬던 손을 천천히 내려, 양손으로 검을 쥐었다.

"……그렇지."

제종은 고개를 끄덕거렸다.

"재미있어."

오래전부터 잊고 있던 기분이, 제종의 가슴을 가득 채웠다.

들뜬 가슴이 진정되지 않았다. 도대체 얼마 만에 느끼는 것인지 알 수 없는 흥분에 흠뻑 취해, 제종은 양손으로 잡은 검의 무게를 느꼈다. 언제나 쥐었던 검이지만 지금 이 순간만큼은 검을 쥐고 있는 느낌이 유별났다.

무게도, 감촉도…… 무엇 하나 바뀌지 않은 애검인데, 마치 다른 검을 쥐고 있는 것만 같았다.

'아니.'

제종은 마음속으로 부정했다. 검은 바뀌지 않았다. 바뀐 것은 제종 자신이었다. 그건 마치 다시 태어난 것만 같은 기분이었다. 다시 태어난 것…… 같은 기분.

느껴본 적 있었다.

교주가 벌인 사법에 의해 수만 교도를 사악에 바쳤을 때. 맹목적으로 교주를 따르고 무도를 맹신하던 고수들이 필멸성을 벗어던졌을 때, 제종도 그곳에 있었다.

인간의 육체가 무너져 내리고 영혼만 남는 감각. 인간이 아니게 된 육체가 새로이 구성되었을 때 느꼈던 기분, 아니, 단지 기분이라고 할 것이 아니라 그때 제종은 틀림없이 '다시 태어났다.' 제종과 교주를 포함한 그곳에 있던 모두가 인간이 아닌 다른 존재로 다시 태어났다.

'달라…….'

그때의 기분은 불쾌하기 짝이 없었다. 하지만 지금은 전혀 불쾌하지 않았다. 즐겁고, 설레고, 가슴이 두근거렸다. 싸우고 싶다. 죽이고 싶다. ……이기고 싶다. 아, 그래. 이건 사랑이 아니었다.

투쟁심(鬪爭心).

필멸성과 함께 거세되었다고 생각했던 투쟁심이었다. 그 역시 제종에게는 굉장히 오랜만에 느끼는 감정이었다. 동시에 제종은 백현에 대해 느꼈던 경외감을 확실하게 납득했다. 눈앞에 선 '인간'은 그럴 만한 존재였다. 제종이 살아온 세월과 비교하면 한참이나 부족한 시간을 살아왔겠지만, 경외감을 품는 것에 그런 것은 중요하지 않았다.

제종은 새삼스러운 무게와 감촉을 전해주는 검을 양손으로 소중히 쥐었다. 그는 욕구대로 행동했다. 미치광이처럼 갈무리되지 않아 넘실거리던 살기가 고요하게 가라앉았다.

3

백현은 가슴 앞에 검을 곧게 세워 붙인 제종을 보며 자세를 낮추었다. 지금의 제종은 아까와는 다른 의미로 위험했다. 아까의 제종이 살기를 막무가내로 내뿜으며 쉬지 않고 몰아치는 참격이라면, 지금의 제종은 언제 휘둘러 올지 알 수 없는 날 선 검이었다.

　　'더 강해졌어.'

　　백현은 제종을 보며 확신했다. 환멸이라며 지껄이던 꼴이 마음에 들지 않았는데, 그 같잖은 미혹을 완전히 떨쳐낸 모양이다.

　　깨달음이란 거창한 것이 아니다. 마음 한구석에 놓아둔 짐, 자신을 억제하는 주박. 스스로 외면하여 무의식 속으로 밀어 넣은 모순. 그러한 마음의 모든 것들을 정면으로 마주했을 때. 그것이 깨달음의 단초(端初)가 된다.

　　무란 크게 심, 기, 체로 나뉘고 그중 가장 큰 심(心)은 바로 '나' 자신이다. 내가 무엇을 생각하고 무엇을 바라여 어떻게 변하고자 하는가. 그것을 강렬히 열망할 때에 심이 변한다.

　　제종이 품은 모순은 타인이 보기에는 하찮은 것이었을 지도 모른다. 하지만 제종 자신은 그를 중히 여기며 긴 세월 주박되어 왔다. 그리고 지금 이 순간, 제종은 스스로의 모순을 완전히 받아들이며 이해했다. 그렇게 그는 변하였다.

　　'더 좋지.'

투웅!

들린 발끝이 땅을 박찼다. 백현이 움직인 순간, 제종의 호흡이 멈추었다. 일 초도 안 되는 짧은 순간. 하지만, 백현과 제종에게는 시간을 억지로 잡아당겨 쭈욱 늘린 것처럼 아주 느리게 체감되었다.

서로의 거리가 순식간에 줄어들었다. 제종의 검이 움직였다. 공간을 베어 온 쾌검이 백현의 목을 노렸다.

백현은 어지러운 보법을 밟아가며 제종의 눈을 현혹했다. 하지만 제종은 조금도 현혹되지 않고서 몸을 통째로 비틀었다. 억지로 틀어진 검의 궤적이 백현의 몸을 쫓았다.

'아까보다 더.'

예리하고 빠르다.

백현은 검은 강기에 휘감긴 양손을 재빨리 들었다.

파바박!

백현의 양손과 제종의 검이 충돌했다. 소리와 소리가 겹쳐 울렸다. 찰나의 순간에 맞부딪쳤지만, 그 순간에 셀 수 없이 많은 충돌이 있었다.

"잔악무참(殘惡無慘)."

제종이 입술을 달싹거렸다. 양손으로 잡은 검이 크게 휘둘렸다.

까가가각!

검에 갈무리되어 있던 살기가 사방으로 폭사했다. 제종의 전면 공간이 살기에 범벅된 예기에 무참히 찢겼다. 백현은 매화검선의 매화만화(梅花滿花)로 응수했다.

매화검선이 사용하던 화산의 매화검법은, 검법 중에서도 변(變)과 환(幻)에 있어서는 가히 으뜸이라 할 수 있었다. 백현의 손이 움직일 때마다 검강의 파편이 뿌려지듯 흩날렸다. 그것은 흐드러져 만개한 매화꽃처럼 보였다.

'아름답다.'

제종은 손으로 펼치는 매화검법의 정수를 보며 순수하게 감탄과 경외를 느꼈다.

콰아아앙!

살기와 꽃잎이 어우러져 함께 비산했다.

제종은 환한 웃음을 지으며 쥐고 있는 검을 납검하듯이 허리춤에 대었다.

우-우-우!

또다시 살기가 검에 응집되며 제종의 어깨가 들썩거렸다.

"악살진군(惡殺進軍)."

첫 시작은 발검이었다. 이전까지의 속도를 아득히 상회하는 속도로 뽑혀 날아온 발검이 백현의 목젖을 노렸다.

피했다.

노골적인 발검의 자세였기에 피할 수 있었다. 하지만 악살진

군은 발검 하나로 끝이 아니었다. 발검 동작 다음으로 곧바로 다음 동작이 연계되었다. 제종의 발이 조금씩 앞으로 나왔다. 대각선으로 떨어진 검은 발검 때보다 더욱 예리한 살기와 검강에 휘감겨 있었다.

'연환초(連環招)군.'

동작과 동작이 연계되어 위력이 강해진다. 발검으로 시작한 악살진군의 검을 다섯 번 피했을 때, 백현은 더 이상 피하는 것을 그만두었다. 여섯 번째의 찌르기가 백현의 가슴을 노리고 쏘아졌고, 백현은 정면으로 파고들었다. 꽉 쥔 주먹과 제종의 검이 충돌했다.

꽈지직!

제종의 검강이 백현의 강기에 뭉개졌고, 검 끝이 바스러졌다. 제종의 발이 뒤로 밀려났다. 제종은 여전히 웃는 얼굴로 몇 걸음 더 뒤로 물러섰다. 그리고 다시 양손으로 쥔 검을 크게 휘둘렀다.

백현은 피하지 않았다. 백현은 양손과 양팔의 힘을 느슨히 풀었다. 백현의 양팔이 채찍처럼 휘둘러졌다. 시커먼 연검을 사용하던 흑풍괴마의 광풍무곡(狂風舞曲)이 펼쳐졌다.

콰콰콰!

백현의 양팔이 만들어낸 검은 폭풍이 제종의 눈앞을 뒤덮었다.

'아아……'

제종은 자신의 애검이 저 바람 앞에서 산산조각이 나게 될 것이라 어렵잖게 상상할 수 있었다. 하지만 그를 알면서도 제종은 피하지 않았다.

실제로 그렇게 되었다. 제종의 검은 광풍무곡을 견뎌내지 못하고 산산조각이 났다. 긴 세월 쥐어온 애검이 박살 나는 것을 보며, 제종은 가슴이 뻥 뚫리는 것만 같은 후련함을 느꼈다.

푸확!

광풍무곡은 제종의 검뿐만이 아니라 그의 가슴팍에도 수십 줄기의 검흔을 새겼다. 제종의 가슴에서 녹색의 피가 울컥거리며 쏟아졌다. 제종은 몇 걸음 뒤로 물러서면서 가쁜 숨을 몰아쉬었다.

백현은 제종을 물끄러미 보다가 물었다.

"궁금한 게 있어."

아무리 필멸성을 벗은 육체라고 해도 불멸자(不滅者)는 아니다. 제종의 내공은 더 이상 남지 않았고, 육체는 한계에 가까웠다.

"너…… 아니, 너희는 인간인가?"

제종의 외견은 인간이 아니었다. 녹색의 피부와 새빨간 눈동자. 군데군데 비늘이 붙어 있는 몸뚱이. 전체적인 외형을 보면 인간과 크게 다를 것이 없었지만, '인간'인 백현이 보기에 제종은 괴물이었다. 그건 유기도 마찬가지였다. 평범한 인간은 피부가 회색도 아니고, 눈도 두 개지 네 개가 아니다.

거기서 의문이 든다. 괴물인 그들이 어떻게 무공을 쓴단 말인가? 백현이 아는 한 무공은 인간의 것이었다. 백현의 스승인 주한오는, 무공의 기원을 두고서 약한 몸을 가진 인간이 스스로를 단련하기 위해 만든 무술(武術)이라 하였다. 물론 무공의 기원은 무엇을 추구하느냐에 따라 다른 법이지만.

유기의 무공은 불가의 무공이었다. 무를 통해 심신을 단련하여 해탈하고 부처가 되는 것이 불가 무공의 목적이다. 인간이 아닌 철혈궁의 사신장이 왜 그런 무공을 익히고 있단 말인가?

"……한때는 인간이었지."

제종은 쩍 벌어진 가슴을 어루만지며 대답했다.

"나도, 유기도…… 철혈궁의 모두가. 궁주인 무령조차도 모두가 한때는 인간이었다."

그건 해서는 안 될 말이었다. 철혈궁의 전원이 금기처럼 여기는 기억이었고, 특히나 궁주인 무령은 자신이 한때 인간이었다는 것을 수치스럽게 여기고 있다.

쿠르르르릉……!

하늘이 울리기 시작했다. 철혈궁에서 이곳을 내려 보고 있는 무령이 제종의 발언에 진노하고 있었다.

"다른 군주와 권속들도 한때 인간이었는지는 모르지만…… 철혈궁의 우리는, 모두가 한때 인간이었다."

[닥쳐라.]

제종의 머릿속에서 무령이 고함을 질렀다. 하지만 제종은 무령의 외침을 무시했다. 그는 후련한 해방감을 느끼며 맑은 눈으로 백현을 보았다. 더 이상 무령은 제종의 주인이 아니었다. 지금의 제종에게 있어서, 무령은 평생을 걷던 무도에서 도망친 비겁자일 뿐이었다.

"나를 쓰러뜨리면 내가 알고 있는 모든 것을 알려주지."

"솔직히 넌 별로 죽이고 싶지않은데."

백현은 턱을 긁적거리며 대답했다. 유기 때도 그랬고, 제종도 마찬가지였다. 기왕이면 죽이지 않고 승부만 내고 싶다.

"불가능하다."

제종이 웃으며 말했다.

"네가 날 죽이지 않아도, 결국 나는 죽는다. 무령의 치부를 말한 이상…… 그는 무조건 나를 죽일 수밖에 없지."

"무령은 여기 강림 못 하잖아. 그냥 여기 계속 있으면……."

"신장이라고 해서 계속 이곳에 있을 수 있는 것은 아니다. 이곳…… 어비스는 혼돈으로 가득 차 있는 곳이지. 인간을 제외한 존재는 이곳에 긴 시간 머무를 수 없다…… 나와 같은 존재가 혼돈을 너무 많이 받아들이면 몬스터로 영락하고 말아. 존재의 근원이 마(魔)에 속한 이들도 어비스의 혼돈 속에서 긴 시간 머무를 수는 없지…… 예외는 역천자뿐."

제종이 작은 목소리로 내뱉었다.

그 말을 들은 백현의 눈썹이 꿈틀거렸다.

제종은 백현이 묻지 않은 것에 대해서도 자세히 알려주고 있었다. 본래 말이 많았다면 모를까, 비교적 과묵하던 제종이 묻지도 않은 것들에 대해 말하는 것에는 그럴 만한 이유가 있었다.

어느새 백현과 제종 주변에는 기의 막이 쳐져, 둘 사이의 대화는 바깥으로 새어나가지 않고 있었다.

하늘이 검게 물들어갔다. 제종은 천천히 고개를 들어 하늘을 보았다. 어둠이 퍼지는 하늘을 보며 제종은 지금 자신이 어떤 표정을 지어야 할지 잠시 고민했다. 비겁자에 대한 비웃음인가, 아니면 한때 진심으로 믿고 숭배했던 군주이자 신…… 몰락해 버린 우상에 대한 연민인가.

결국, 제종은 씁쓸한 웃음을 짓고 말았다.

"무령은 이곳에 오지 못한다."

제종은 고개를 저으며 중얼거렸다.

"불완전한 그릇을, 순간의 분노를 이기지 못해 제 손으로 박살 내버렸지. 인간이었을 적의 그는 자신이야말로 무의 총애를 받는 화신이라 믿어 의심치 않았으나, 결국에는 무도에 절망하여 사도를 택하였지. 그런 무령이 듣는 중에 넌 스스로 무

의 총애를 받는다 하였고, 무령이 택한 예비 사도를 패배로 몰
아갔다…… 크크. 무령이 눈이 뒤집힐 만도 해."

제종은 피가 멈추지 않고 흘러내리는 자신의 가슴을 힐끗
내려 보았다.

"왜 군주들이 어비스에 다른 세계를 겹쳐두고 그곳에 머무
를 것 같나? 왜 너를 죽이고 싶어 하는 무령이, 지금 이 순간에
도 살의만을 내비칠 뿐 직접 강림하지 않고 있을 것 같나? 간단
한 이유지. 할 수 없고, 그럴 수 없어서다. 그들은 어비스의 혼
돈을 탐내면서도 두려워하고, 언젠가 깨어날지 모를 심연의 왕
좌를……."

제종은 잠시 말을 멈추었다. 그는 잠시 백현을 응시했다. 백
현이 마음에 든 것은 사실이었지만, 혼돈에 관한 이야기를 저
인간에게 하는 것은 너무 위험하다는 생각이 들었다.

"말이 너무 많았군."

제종은 거기까지 말하고서 아무것도 쥐지 않은 손을 들어
올렸다. 그의 애검은 산산조각이 나버렸지만, 제종은 개의치
않고 텅 빈 손을 꽉 쥐었다. 만족과 해방감으로 평온해진 마음
이 형태를 갖추었다. 어느새 제종은 찬란하게 빛나는 한 자루
의 검을 쥐고 있었다.

"얼마 남지 않았다. 남은 이야기는…… 승부가 난 뒤에 말해
주도록 하지."

제종은 그렇게 중얼거리면서 무형검을 쥐고 앞으로 뻗어 백현을 겨누었다.

"무의 총애를 받는 자여. 그에 걸맞은 힘을 보여다오."

그라는 존재를 여태까지 살아 숨 쉬게 만든, 태어났을 때부터 가지고 있던 근원적인 힘. 진원진기(眞元眞氣)가 제종의 텅 빈 단전을 가득 채웠다.

백현은 천천히 고개를 끄덕거렸다. 저렇게까지 말하는 이상, 상대에 대한 예우를 갖추어야만 했다.

"……네가 처음이다."

백현은 쓰게 웃으며 중얼거렸다.

"아직 말하고 다니기에는 조금 민망하거든."

파천신화공 오성.

"무신마."

백현은 처음으로 파천신화공 오성을 전력으로 운용했다.

"스승께 물려받은 내 별호야."

백현의 몸이 천천히 떠올랐다.

5장
추구하는 것

제종은 경외감에 젖은 눈으로 위를 보았다. 어두운 빛에 휘감긴 백현은 양팔을 들고서 제종을 내려 보고 있었다.

　제종은 백현에게서 느껴지는 파괴적인 힘을 느꼈다. 조금 전까지 백현과 싸움을 벌였는데, 제종은 '그때'의 백현과 '지금'의 백현이 똑같은 존재라고 도저히 생각할 수가 없었다.

　달라도 너무 달랐다. 내공의 총량 자체는 그리 변하지 않았다. 그만한 강기공을 펼쳤음에도 내공에 저만한 여유가 있다는 것은 그리 놀라운 일이 아니었다. 양의무극회환이라는 이름까지는 알지 못했지만, 사용한 강기를 다시 회수하여 내공으로 되돌리는 어떠한 수단을 가지고 있다는 것은 알고 있었다.

　'가진 내공의 양은 놀라울 정도가 아니다.'

물론 백 년도 살지 않았을 인간이 가진 내공이라 생각할 수 없을 정도기는 했지만, 고작 그 정도다. 당장 제종이 가진 내공만 해도 백현보다 많았다. 그렇지만 '격'을 느끼게 하는 것에 내공의 양은 중요하지 않다. 제종은 무형검을 꽉 쥐었다. 여태까지 싸우면서, 백현이 전력을 다하지 않았다는 것은 알았다. 당장 백현은 유기와 싸우면서 펼쳤던 무공은 하나도 사용하지 않았다.

도대체 저 괴물은 얼마나 많은 수를 숨기고 있는 것일까. 저 괴물의 끝은 어디일까.

제종은 크게 숨을 삼키면서 정신을 집중했다. 무의미한 의문이었다. 제종은 자신이 무슨 짓을 하든 간에, 스스로를 '무신마'라 소개한 괴물의 전부를 끌어낼 수 없음을 잘 알고 있었다.

지금 이 순간에도 제종은 죽어가고 있었다. 한계를 맞이한 육체는 정양한다면 회복할 수 있겠지만, 진원진기를 격발시킨 이상 제종이 맞이할 결말은 죽음뿐이다. 기꺼운 죽음이다. 지금이라면 기쁘게 만족하며 죽을 수 있다.

제종은 천천히 무형검을 들어 올렸다. 무령의 치부를 말하고, 심연의 왕좌와 역천자에 대해 말했을 때부터. 아니, 저 인간이 무의 총애를 받고 있음을 인정한 순간부터. 제종의 죽음은 확정되어 있었다.

철혈궁은 더 이상 그를 신장으로 받아주지 않을 것이고, 철혈궁에 돌아간 순간 무령이 직접 나서 제종을 찢어 죽이리라. 추하게 목숨을 부지하고자 어비스에 남는다면 혼돈이 존재를 침식하여, 자아가 붕괴해 혼돈의 권속이 되고 말 것이다. 어느 쪽이든 지금의 제종이 원하는 결말은 아니었다. 지금의 제종은 무인으로서 죽고 싶었다.

내가, 내가 아닌 것 같은 기분이었다.

백현은 반개한 눈으로 아래를 보며 낯선 감각에 취했다. 파천신화공 오성을 이루고서, 내공을 극성으로 펼친 적은 있었지만, 파천신화공을 극성으로 펼친 것은 이번이 처음이었다. 여태까지는 펼칠 기회도 없었다.

화천 어비스의 몬스터도, 박준환도, 귀면주의 여왕도, 유기도. 파천신화공을 극성으로 펼칠 상대는 아니었다. 박준환의 몸에 강림했던 무령과 조금 더 오래 싸울 수 있었다면 모를까. 당시의 무령은 백현이 내버려 두어도 알아서 자멸했을 상태였다.

그건 지금도 마찬가지였다.

자신의 모순을 극복하여 깨달음을 얻은 제종은…… 이전보다 예리해지고 강해지기는 했지만, 사실 아직까지는 백현이 전력을 다할 상대가 아니었다. 파천신화공을 극성으로 운용할 것도 없이, 백현이 사용할 수 있는 수법을 다양하게 사용한다면 충분히 쓰러뜨릴 수 있는 상대였다.

거리를 두어 기공에 중점으로 두어 싸웠다면?

최근에 습득한 마하무불신광을 시험해 보면서 싸웠다면?

다른 방법은 얼마든지 있었다. 투전마라의 구천멸살이나 멸원광도. 천상기린의 유아백탈, 조련유린을 적극적으로 사용하며 화력전으로 이끌고 갔다면 더 쉬웠겠지.

그렇게 하지 않았을 뿐이다.

도원경을 나온 사이에 힘 조절이 몸에 배서라기보다는, 그편이 더 즐겁다는 것을 알았기 때문이다.

내심 두려웠던 것일지도 모르겠다.

파천신화공 오성이 된 후로 전력으로 싸워본 적이 없기 때문에, 백현은 자신의 전력이 얼마나 강한지 스스로도 잘 알지 못하고 있었다. 전력을 다해 싸우면 제종과의 싸움이 너무 쉽게 끝나는 것이 아닐까 두려웠다.

지금까지처럼.

'그래도.'

아래에 선 제종이 무형검을 들어 올리는 것이 보였다. 그의 움직임 하나하나에 공간이 흔들렸다. 제종의 검은 신검합일을 아득히 넘은 경지에 도달해 있었다.

심, 기, 체. 그 모든 것이 검과 합일되었다. 일렁거리는 공간이 뒤섞였다. 제종의 모습이 잘 보이지 않았다.

제종은 자신이 일으키는 현상을 의식하지 못하고 있었다. 여전히 경외를 담은 제종의 눈은 백현을 보고 있었으며, 백현을 베고자 했다. 그 예리한 일념(一念)이 검에 담긴다. 공간의 흔들림이 멈추었다. 흉신악살귀검은 살기에 내공과 의기(意氣)를 실어, 무형의 칼날로 상대를 베어버리는 의기상인(意氣傷人)의 검법이다. 하지만 지금 이 순간, 제종의 검은 흉신악살귀검의 근원을 뛰어넘었다.

갈무리된 것이 아니다. 살기가 완전히 사라졌다. 검과 합일된 제종의 마음이 명경지수(明鏡止水)처럼 고요히 가라앉았다.

제종의 마음속에서 검이 만들어졌다.

'아……'

제종은 그 시린 검광(劍光)을 느끼며 어깨를 떨었다. 무게가 느껴지지 않아야 할 무형검이 무겁게 느껴졌다. 제종이 살아온 평생. 그의 모든 업(業)과 무에 대한 념(念)이 무형검에 담겼다. 더 이상 제종이 쥐고 있는 것은 무형검이 아니었다.

제종은 반개한 눈으로 한줄기 눈물을 흘렸다.

"심검(心劍)."

백현은 작은 목소리로 중얼거렸다.

천하오인 중 하나였던 검황조차도 완벽하게 펼치지 못한 심검이, 제종의 손에서 완벽한 형태로 펼쳐지고 있었다. 백현은 적수가 아닌 무인으로서 순수하게 감탄을 느꼈다.

"과연. 그 정도라면 충분하겠어."

백현은 들어 올린 양손을 활짝 펼쳤다. 그의 몸을 휘감고 있던 파천신화공의 어둠이 서서히 퍼져 나가기 시작했다.

무의 총애. 그에 걸맞은 힘을 보여 달라고 했다.

무엇을 보여줄까.

보여줄 수 있는 것은 많았다. 천상기린의 오의 천혼여명(天魂黎明)? 투전마라의 오의 멸원광도? 혈승의 오의 지옥혈잔화(地獄血殘花)? 아니면 백현이 직접 만든 파천(破天)? 흑운(黑雲)? 쇄혼(碎魂)?

'아냐.'

백현은 어떤 검기(劍技)를 떠올렸다.

파천신화공이 사성이었을 적, 백현에게 무수히 많은 죽음을 내려주었던 검황의 기술.

백현은 고개를 끄덕거렸다. 검황 본인이라면 제종을 상대하기에는 역부족이겠지만, 지금의 백현은 검황보다 아득하게 강했다. 백현은 검황에게 직접 검을 배우지 않았지만, 검황의 검기를 파훼하기 위해 무수히 많은 죽음을 겪어가며 그의 검기를 모조리 기억하고 어떻게 펼치는지 학습했다. 그 결과, 백현은 검황이 펼친 오의를 검황 본인보다 더 완전하고 강력하게 펼칠 수 있게 되었다.

그것은 백현이 사용하는 모든 초식이 그랬다. 백현은 상대를 쓰러뜨리는 과정에서 그들의 무공 중 까다롭고 마음에 드는 것을 학습했고, 심득을 추가함으로써 무공을 보완해 가며 완전히 자신의 것으로 삼았다.

'훌륭하구나.'

난도질당해 쓰러지며, 검황은 웃는 목소리로 백현에게 그런 찬사를 보냈었다.

지금의 백현은 그때의 백현보다 강하다. 백현은 이 검기가 제종에게 최고의 죽음을 선사해 줄 것이라 믿어 의심치 않았다.

심검을 쥔 제종이 땅을 박찼다. 그는 검게 물든 하늘에 선 괴물을 향해 날아가며 심검을 휘둘렀다. 그가 검을 휘두르자, 그의 의념이 현상을 일으켰다. 그라는 존재를 지금까지 살게 한 진원진기가 제종의 주변을 가득 채웠다. 무수히 많은 무형검들이 만들어졌다.

백현은 무수히 많은 무형검이 자신에게 쇄도하는 것을 보았다. 그러고는 펼치고 있던 양손을 꽉 쥐었다. 시간은 멈추지도 않고 느려지지도 않았다. 그런데도 백현의 동작은 조급하지 않았다.

"일검평천하(一劍平天下)."

제종이 만들어낸 수십 자루의 무형검이 백현을 관통하기 전에, 백현은 작은 목소리로 중얼거렸다.

화아아악!

세상이 흔들렸다. 제종이 쏘아낸 무형검들이 백현에게서 터져 나온 빛에 뒤로 밀려났다.

"아아아……!"

제종은 공중에 멈춰 서서 탄성을 내질렀다. 수십, 수백 자루의 무형검이 하늘에 떠 있었다. 단순히 숫자만 많은 것이 아니었다. 백현이 만들어낸 검은 무엇이든 베어버리고 꿰뚫을 것만 같은 예리함을 갖추고 도도히 떠 있었다. 제종은 경악과 경외감을 동시에 느끼며 몸을 부르르 떨었다.

"멋지군……!"

제종은 그렇게 내뱉으면서 무형검들을 쏘아냈다. 무형검이 흉신악살귀검의 검로를 그리며 백현을 향해 쇄도했다.

백현은 여전히 제종을 내려 보면서 의식을 확장시켰다. 일검평천하의 수백 수천에 달하는 검로. 백현의 몸에 고통과 죽음으로서 직접 새겨졌던 그 검로들이 수백 자루의 무형검에 전달되었다.

일검평천하(一劍平天下).

패검(覇劍).

상대가 되지 않았다. 백현이 만들어낸 무형검이 제종의 무형검을 압도해 박살 냈다.

제종은 큰 소리로 웃으면서 자신을 덮쳐오는 무형검들을 향해 뛰어들었다. 그는 진원진기라는 생명의 불꽃을 연소시키며 심검을 휘둘렀다. 심검은 의념의 검이다. 무형검이 극상의 신기(神技)라고는 하나 심검에 비할 바가 아니다.

제종은 수백 자루의 무형검 속에서 너울너울 춤을 추었다. 그건 미치광이가 추는 검무와 같았다. 제종이 심검을 휘두를 때마다 일검평천하의 무형검이 박살 났다.

'수백 명의 검수와 싸우는 것 같구나!'

그것도 검법의 극에 달한 고수들.

제종의 몸은 어느새 피투성이가 되었다. 아무리 제종이 뛰어나다고 해도, 일검평천하는 수백 자루의 무형검을 통해 검황이 알고 있는 모든 검로를 재현하는 무공이다. 그 말은 즉 수백 명의 검황과 싸우는 것과 똑같은 말이다.

아니, 오히려 그보다 더했다. 사람과 사람이 펼치는 합격진은 서로를 공격하지 않기 위해 조금의 틈과 여유를 두어야 하는데, 무형검은 결국에는 기로 만들어진 것이라 서로를 해칠 일이 없다. 그러니 무턱대고 공격만 퍼부을 수 있었다.

"하하하하!"

피투성이가 되고서도 제종은 미친 듯이 웃었다. 오른쪽 다리가 잘리고 왼쪽 옆구리가 깊이 베여 내장이 쏟아졌다. 등판에는 이미 몇 개의 검흔이 새겨져 뼈가 보이고 있었다. 그런데도 제종은 움직이고 있었다.

그는 더 이상 고통을 느끼지 않고 있었다. 무아의 상태에서 제종은 자신의 검무에 취해 극상의 환희를 느끼고 있었다. 그의 의념이 꺾이지 않았기에 심검은 여전히 예리했다.

"마라흉신(魔羅凶神)!"

제종이 심검을 휘두르며 고함을 질렀다. 명경지수처럼 고요하던 가슴이 폭주하듯 들끓었다. 살기가 폭발했다. 제종을 중심으로 참격의 폭풍이 생성되었다. 심검으로 펼친 마라흉신은 일검평천하의 무형검을 박살 내면서 점점 그 궤적을 넓혀갔다.

"대단해."

백현은 적수로서, 또 무인으로서 감탄을 터트렸다. 심검을 휘두르는 제종은 검으로서 고금제일의 자리를 넘보던 검황에 필적, 아니, 그를 웃돌고 있었다. 그 검황조차도 제종처럼 완벽하게 심검을 펼치지는 못했었다. 백현이 펼치는 일검평천하는 저런 제종이라도 베어 죽일 여력이 충분히 남아 있었지만, 그건 저 정도 무와 격에 도달한 무인에 대한 기만이다.

그렇기에.

백현은 양의무극회한을 통해 내공을 회수했다. 그리고 천천히 오른손을 뻗었다.

백현의 단전에서 어마어마한 양의 내공이 도로 빠져나갔다. 극성으로 운용된 파천신화공이 백현의 두 눈을 새빨갛게 물들였다. 백현의 몸을 감싼 어둠은 더 이상 호신강기처럼 느껴지지 않았다.

심검을 휘두르던 제종은 파멸적인 예감을 느끼고 백현을 보았다. 제종의 눈에 경외감만이 남았다.

제종이 할 수 있는 일은 의식이 끊어지지 않도록, 필사적으로 붙잡는 것뿐이었다.

그는 천재(天災)가 휩쓸고 지나간 땅에 누워 있었다. 자신이 아직 죽지 않았고, 의식을 잃지 않았다는 것을 알고서 몸을 일으키려 했지만…… 제종은 일어서지 못했다. 힐긋 보니 하반신이 완전히 사라져 있었다. 하반신뿐만이 아니었다. 심검을 쥐고 있던 양팔 역시 흔적도 없이 사라져 있었다.

"멋졌어."

백현은 제종의 곁에 서서 말했다.

"설마 이 세상에서 심검을 다시 보게 될 것이라고는 생각지도 못했거든."

"……다른 곳에서 본 적이 있었나?"

"한 번. 하지만 그때 본 심검은 너만큼 완전하지 않았어."

그 말에 제종이 큭큭 웃었다.

"그 말을……네가 나를 인정했다고 받아들여도 되는 것인가……?"

"뭘 지금 인정해? 나는 아까부터 너를 인정하고 있었는데."

백현은 그렇게 대답하면서 제종의 곁에 털썩 앉았다.

"넌 강했어."

"네가 처음부터 전력을 다했더라면……"

"그런 말은 하지 마. 나는 나름대로 최선을 다해서 싸운 거니까. 무조건적인 승리를 위해 싸우는 것도 아니고."

백현은 그렇게 내뱉으면서 제종을 내려 보았다. 제종은 조금 혼란스러운 눈으로 백현을 보았다.

"……무조건적인 승리를 추구하지 않는다고? 그러면 무엇을 추구한다는 건가?"

"재미. 그리고 나 자신의 성장. 나는 더 강해질 수 있으니까."

제종은 그 말에 큭큭 웃고 말았다. 지금도 괴물처럼 강하면서 더 강해질 수 있다니. 제종이 보기에는 그건 오만하기 짝이 없는 믿음이었다. 누구에게나 한계는 있는 법이다. 그런데…… 그런데.

제종은 고개를 끄덕거렸다.

"……그렇군."

저 괴물은, 한계가 없을 것 같았다.

제종은 다가오는 죽음을 느끼면서 백현의 얼굴을 똑바로 보았다. 마라흉신이 박살 나던 순간을 떠올렸다. 분명 두 눈으로 보았었다. '그것'은 제종이 평생 보았던 무공 중 가장 파멸적이고 끔찍했으며, 아름다운 무공이었다. 설마 인간이 그런 힘을 발휘할 수 있을 것이라고는 상상도 해본 적이 없었다.

"아까 그건…… 뭐였지……?"

"혹운. 내가 직접 만든 기술이야. 제대로 써본 건 이번이 처음이고."

백현의 대답에 제종은 창백한 얼굴에 만족스러운 미소를 지었다.

"영광이군……."

그렇게 중얼거린 뒤, 제종은 작은 목소리로 자신이 알고 있는 것들에 대해 백현에게 알려주었다.

모든 것을 말해주지는 않았다.

제종은 무령과 철혈궁의 모두가 한때 인간이었다는 것과 그들이 어떻게 인간이 아니게 되었는지에 대해 알려주었다. 철혈궁과 무령의 과거를 들으면서, 백현은 아무런 반응도 보이지 않았다.

"고마워."

백현은 천천히 고개를 끄덕거렸다.

제종은 쿨럭거리며 피를 토하고서, 큭큭 웃었다.

"한심하기 짝이 없는 이야기라 생각하지 않나……?"

그는 그렇게 중얼거리며 숨을 몰아쉬었다.

"넌…… 틀림없이 강하다……. 더 강해질 수 있다는 말이 사실이라면…… 무의 총애를 받는 너는, 인간이면서도 무령보다 강해지겠지……. 하지만…… 아직은…… 아니, 어쩌면……."

제종의 목소리가 작아졌다.

제종은 그 스스로도 확신을 갖지 못하고 있었다. 분명 전력을 다했다. 진원진기까지 끌어내어 싸웠고, 평생 펼칠 수 없었던 심검의 경지까지 도달해서 싸웠다. 그런데도 백현을 몰아붙이기는커녕, 전력을 발휘하게 하지도 못했다.

저 인간은 대체 얼마나 강한 것일까? 저 인간은 대체…… 얼마만큼의 힘을 더 숨기고 있는 것일까? 그걸 알 수 없었기에, 제종은 백현과 무령이 싸웠을 때의 결과를 예상할 수가 없었다. 백현의 전력을 예상할 수 없을 뿐만이 아니라, 무령의 전력 또한 알지 못했다.

"흑라신장(黑羅神將)은 너와 싸우려 하지 않겠지만…… 호법신장(護法神將)은…… 조심해라……."

그래도.

제종은 백현이 무령과 싸워 죽는 것을 바라지 않았다. 그렇기에 자신이 할 수 있는 경고를 해주었다.

백현은 제종의 눈을 들여 보면서 그의 가슴에 손을 얹어주었다.

제종은 더 이상 감각을 느낄 수 없었으나, 흐린 눈을 통해 백현의 표정과 가슴에 손이 얹어진 것을 볼 수 있었다. 호흡이 잦아들고, 완전히 멈추기까지의 짧은 순간. 제종은 아주 많은 것을 떠올리며 다시 기억했고, 덜어내고, 느꼈다.

천마신교의 땅에서 태어나 교도로 자랐고, 무에 재능이 있었고, 검이 좋았다. 신으로 모셔지는 천마와 교리 같은 것보다는 그냥, 그냥…… 검이 좋았다. 참 많이 검을 휘둘렀고 그에 걸맞게 사람을 죽였다. 어느새 교주의 곁을 지키는 자가 되었지만, 여전히 검이 좋았다.

언제부터 싫어졌을까. 인간이 아니게 되었을 때? 그토록 좋아하던 검이, 나 자신을 좋아해 주지 않는다 생각했을 때?

제종은 그 하찮기 짝이 없는 배신감과 환멸을 비웃으며 덜어냈다. 제종이 평생을 휘둘렀던 애검은 박살 났고, 그는 더 이상 검을 쥘 손을 가지고 있지 않았으나, 죽어가는 제종은 절대 부러지지 않을 검을 마음에 품었다.

"이제라도…… 무도에 돌아오기를 잘했……."

그는 만족스러운 미소를 지으며 숨을 거두었다.

백현은 한동안 제종의 가슴에 손을 얹고 있다가, 천천히 몸을 일으켰다.

복잡한 기분이었다.

죽이고 싶지 않았다. 유기 때에도 그런 기분을 느끼기는 했지만, 제종만큼은 아니었다. 강하고 약한 것을 떠나서, 죽여야 할 이유나 기분이 들지 않았다.

'사정을 아예 알지 못했다면 이런 기분을 느끼지도 않았겠지.'

제종이 백현에 대한 올곧은 살의를 내세웠다면, 백현도 제종을 죽이고서 지금 같은 기분을 느끼지 않았을 것이다. 유기 때와 마찬가지로, 즐거움과 조금의 섭섭함…… 그것만을 느꼈겠지.

백현은 만족스러운 미소를 짓고 있는 제종의 얼굴을 내려보았다.

이곳에서 백현과 싸운 것은 철혈궁의 사신장 중 하나인 금위신장 제종이 아니라, 그저 한 명의 무인(武人)이고 한때 검흉(劍凶)이란 별호로 불린 제종이었다. 제종 스스로도 그리 기억되기를 바랄 것이다.

이제라도 무도에 돌아오기를 잘했다.

제종은 그 마지막 말을 끝까지 내뱉지 못했지만, 백현은 그가 한 말을 가슴에 담았다.

제종의 몸이 모래가 되어 무너져 내렸다.

백현은 그것을 끝까지 바라보면서, 제종이 했던 말들을 떠올렸다. 13군주 중 하나인 무령을 비롯해, 철혈궁의 전원이 한때 인간이었다는 것. 무령과 다른 군주들이 직접 강림하지 못하는 이유.

'예외는 역천자.'

어비스의 혼돈이 대체 뭔지는 모르겠다. 제종도 그것에 대해서는 자세히 알려주지 않았다. 심연의 왕좌……. 백현은 제종이 말하다 만 그 이름을 떠올리면서 눈살을 찡그렸다. 13군주 중에 그런 이름을 가진 군주는 없었다.

'천마신교.'

무령과 철혈궁의 신장들이 한때 인간이었다는 것은, 그리 놀라운 사실은 아니었다. 백현이 겪었던 무령의 성격이나, 사신장인 유기와 제종이 사용한 무공을 보면 그들이 한때 인간이라는 것은 충분히 유추할 수 있는 일들이었다.

'무도에서 도망쳤다고 했지.'

백현은 하늘을 올려 보았다. 무령의 존재나 시선은 느껴지지 않았다. 하지만 무령은 저 너머에서 백현을 노려보고 있을 것이다.

백현은 한동안 하늘 너머를 보았다.

제종은 최후까지 무령에 대해 어쩔 수 없는 연민을 품고 있었다. 그는 스스로 환멸했다 말한 무도의 길에 다시 올랐으나, 여전히 무령을 주군으로서 생각하고 있었다.

한심하기 짝이 없는 이야기…… 제종은 무령에 대해 말하면서 그렇게 말했지만, 백현은 제종의 웃음에서 차마 버릴 수 없는 연민과 한탄을 느낄 수 있었다.

하지만, 백현은 무령이 마음에 들지 않았다. 놈의 사정 따위 알 바가 아니다. 놈이 인간이었을 적 느꼈던 절망에 공감 같은 것도 느껴지지 않았다. 그냥, 무도에서 도망치며 인간이 아닌 존재가 되었다는 그 낯짝을 진심으로 한번 보고 싶어졌다.

천마신교 역대 제일의 천재? 제 한계를 끝내 뛰어넘지 못하고 무도가 아닌 사도를 택해 도망친 놈일 뿐이다.

'그러니까, 그 잘난 면상은 꼭 봐야겠어.'

인벤토리에는 제종이 사용하던 흉신악살귀검과 어마어마한 양의 코인이 들어와 있었다. 유기 때와 똑같았다. 하지만 백현은 마하무불신광 때처럼, 흉신악살귀검을 익힐 생각을 하지는 않았다.

의미가 없었다. 뛰어난 검법임은 인정하는 바이지만 굳이 시간을 들여 익힐 메리트는 없었다. 무공으로서의 격만 본다면 마하무불신광이 몇 수는 높았다. 흉신악살귀검이 강력했던 것은 검을 휘두르는 제종이 뛰어났기 때문이었고, 심검의 위력까지 더해진 흉신악살귀검은 검황의 일검평천하로 충분히 상대할 수 있었다.

절세신공의 검법을 익힌 검황은 평생 검을 익혔으나 심검을 완성하지 못했는데, 제종은 고작 저 정도의 검법을 익혔으면서도 심검의 영역에 도달했다. 제종의 죽음이 아쉬울 수밖에 없다. 그는 충분히 무의 총애를 받고 있었다. 만약 그가 죽지 않고 살았더라면……

"……으윽……"

진 웨이는 어지러운 머리를 붙잡고 신음을 흘렸다. 그는 작은 소리로 욕설을 내뱉으며 숙이고 있던 몸을 일으켰다.

'여파만으로 이 정도라니.'

직접 싸운 것도 아니고, 가까운 곳에 있었던 것도 아니다. 충분히 거리를 두고서 지켜보고 있었는데, 백현과 제종의 싸움에서 튀어나온 힘의 파장을 방어하는 것만으로도 고역을 치렀다.

'도중에 뭐라 이야기를 나눈 것 같기는 했는데……'

[하이로드가 당신의 무능함을 꾸짖습니다.]

진 웨이의 뺨이 억울함에 푸들거렸다. 싫어서 안 했던 것도 아니고, 어디까지나 자기가 위험하지 않을 선에서 나름대로 최선을 다했다. 여기서 더 가까이 갔다면 진짜 위험했을 것이다.

'대체 무슨 이야기를 나눈 거야?'

숨긴 것을 보면 당연히 중요한 이야기일 것이다.

"나는 안 할 겁니다. 저 괴물에게 마인드 컨트롤을 시도했다가는 내 머리가 박살 날 거예요. 리딩도 통할 것 같지 않고."

진 웨이는 상대방의 마음을 읽을 수 있다. 하지만 무조건 성공하는 능력도 아니고, 저 괴물에게 시도하는 것은 여러모로 리스크가 컸다.

알려달라고 정중하게 부탁하면 알려줄까?

진 웨이는 그런 고민을 하면서 백현에게 다가갔다.

"무슨 이야기를 나눈 겁니까?"

"물어보면 알려줄 거라고 생각했어요?"

"거~ 그간의 정도 있고……."

"정은 무슨, 내가 왜 당신이랑 같이 다니는 줄 알아요?"

"글쎄요. 왜죠?"

"언젠가 당신이 내 뒤통수를 쳐줄 것이라고 믿기 때문이에요."

그 말에 진 웨이의 두 눈이 동그랗게 떠졌다. 곧 그는 백현의 말 뜻을 이해하고 얼굴을 구겼다가, 즉시 사람 좋은 미소를 지었다.

"그런 일은 없을 겁니다. 정말로요. 내가 왜 당신 뒤통수를 칩니까?"

백현이 히죽 웃었다.

진 웨이는 등골을 적신 식은땀의 서늘함을 애써 무시했다.

"관측을 위해 당신의 곁에 붙어 있긴 하지만, 나는 당신의 아군이에요. 내가 뒤통수를 칠 거면 왜 당신에게……."

"당장 내 행동으로 하이로드가 얻는 바도 분명 있을 테니까. 언젠가 내가 거슬린다 싶으면 쳐내겠죠."

진 웨이는 우선 입을 다물었다. 그것을 결정하는 것은 진 웨이의 의사가 아니다.

짧은 침묵 뒤에, 진 웨이가 한숨을 쉬었다.

"교환은 어떻습니까?"

"무슨 교환?"

"정보의 교환 말입니다."

"아니, 됐어요."

백현은 진 웨이를 신뢰하지 않는다. 딱히 떼어놓을 이유가 없어서 데리고 다니는 것일 뿐이지, 그를 믿기 때문에 데리고 다니는 것이 아니다. 언제고 진 웨이가 뒤통수를 칠 것임을 생각하고, 기대하고 있다.

정확히 말하자면 백현이 신뢰하지 않는 것은 진 웨이가 아닌 하이로드였다. 하이로드뿐만이 아니다. 백현은 군주들을 믿을 생각이 없었다. 모든 군주가 무언가 바라는 것이 있기에 이 사태를 관망하고 있다.

'액션을 취한 군주는 셋.'

백현이 이곳으로 향하도록 의도한 퓨어세인트, 진 웨이를 관측자로 보낸 하이로드, 라이 룽을 통해 경고한 용성군.

'혈사자는 뭐지? 중립인가?'

라이 룽은 혈사자의 사도, 카르파고를 조심하라고 했다. 그것이 어떤 의미인지 모르겠다.

혈사자는 무령의 아군인가? 무령이 같은 군주인 혈사자에게 도움을 청한 것일까?

어쩌면.

백현은 어떤 가능성을 떠올렸다. 신장을 죽여 얻은 코인, 이

것이 의미하는 바가 무엇인지.

백현이 떠올린 가능성은 진 웨이가 했던 것과 동일했다. 어비스의 몬스터가 아니라 군주의 권속을 사냥하는 것. 권속 사냥의 진정한 값어치는 코인 따위가 아니다. 계약하지 않은 군주의 권능을 습득할 수 있다는 것. 그것이야말로 권속 사냥의 의의라 할 수 있다.

거기서 더 멀리.

'군주 사냥.'

권속을 사냥하여 코인과 권능을 얻을 수 있다면. 만약, 군주를 사냥하는 것에 성공한다면? 헌터가 군주를 사냥한다면 대체 어떤 일이 일어나게 될까.

백현은 뒤따라 걸어오는 진 웨이를 의식했다. 퓨어세인트의 뜻 모를 미소와 카르파고를 조심하라던 라이 룽의 경고를 떠올렸다.

'그렇군.'

백현은 피식 웃었다.

대충 윤곽이 그려졌다.

철혈궁의 사신장 중 둘이 죽었다.

호법신장 연리운은 왕좌로 이어지는 높은 계단의 끝에 걸터앉아 팔짱을 끼고 눈을 감았다.

그보다 훨씬 아래에서, 흑라신장 유마는 불안을 가득 담은 눈동자를 데룩데룩 굴리며 연리운의 눈치를 살폈다.

금강신장 유기가 죽었을 때만 해도 자신의 차례까지 돌아올 것이라고는 생각도 하지 못했다. 금위신장 제종은 유기보다 몇 수는 강했고, 상대는 고작해야 인간이다. 제종이 별다른 의욕을 보이지 않기는 했지만, 제종의 권태야 이미 수백 년 동안 이어져 오던 것 아닌가. 유마는 제종의 검이 얼마나 흉흉하고 날카로운지 잘 알고 있었기 때문에, 주제도 모르고 철혈궁에 도전하는 인간 따위는 제종의 검에 도륙이 날 것이라 믿어 의심치 않았다.

'개새끼.'

믿음이 배신당했다. 제종이 죽었다. 그냥 죽은 것도 아니고, 감히 해서는 안 될 말까지 주절거리고 죽어버렸다.

유마는 힐긋거리며 위를 올려 보았다. 연리운이 지키고 있는 왕좌의 입구는 굳건히 닫혀 있었다.

"유마."

연리운이 입을 열었다.

그 부름에 유마는 흠칫 놀라 연리운을 보았다. 연리운은 핏줄이 비쳐 보일 정도로 피부가 창백했고 두 눈이 붉었다. 귀 위에는 자그마한 뿔이 돋아 있었다. 유마는 피가 고인 것만 같은 연리운의 눈을 보며 꿀꺽 침을 삼켰다.

"혼자서 그 인간을 죽일 수 있겠나?"

"무…… 무리입니다."

유마는 솔직히 대답했다. 제종과 그 인간의 싸움을 보았다. 제종은 최후에 심검을 얻었고, 그럼에도 패배했다. 그 시점에서 제종의 힘은 유마를 아득히 뛰어넘었다.

"그렇겠지."

연리운은 천천히 고개를 끄덕거리더니 천천히 몸을 일으켰다. 유마는 갈고리처럼 구부러진 손톱을 잘근잘근 씹으며 연리운이 움직이는 것을 보았다. 연리운이 닫힌 문 앞에 섰다. 그리고, 손을 들어 거대한 문을 밀었다.

쿠구구구구궁……!

묵직한 철음과 함께 문이 열리기 시작했다.

으득. 유마가 씹던 손톱이 부러졌다. 유마는 입안에 들어온 손톱을 계단 아래로 퉤 뱉었다. 손톱에 고여 있던 독이 계단을 녹여 버렸다.

"아아아!"

"아아아!"

계단 아래에서 철병들이 소리를 질렀다. 그들 모두는 한때 인간이었지만, 지금은 인간의 육체를 잃어 괴물과 다름없는 모습을 하고 있었다. 그들은 왕좌로 통하는 계단을 우러르며 자신들의 신에게 경배를 보냈다.

열린 문 너머에는 끈끈한 어둠이 그득했다. 연리운은 어둠 속으로 성큼성큼 발을 내디뎠다.

유마는 문틈으로 흘러나오는 어둠이 띤 불길함에 몸서리쳤다. 사신장 중에서 무령의 왕좌로 직접 들어갈 수 있는 것은 오직 호법신장 연리운뿐이었다. 다른 사신장은 저 문을 열 수는 있어도, 그 안의 어둠을 직면하고서 오래 버틸 수 없었다.

"본좌가 알현을 허락했던가?"

"궁문을 닫아야 합니다."

어둠 너머에서 낮게 내리깔린 목소리가 들려왔고, 연리운은 무덤덤한 표정으로 화답했다. 어둠이 진동했다. 연리운은 그 진동으로 무령이 진심으로 분노하고 있음을 느꼈다.

"궁문을 닫으라? 모욕을 무시하란 뜻인가?"

"예."

"사신장 중 둘이 죽었다. 예비 사도도 죽었지."

"그렇기에 더."

"호법신장."

어둠이 다시 한번 진동했다. 진노에 살의가 섞였다.

고오오오······!

한 치 앞도 보이지 않는 어둠 너머에서 불길한 바람이 다가

왔다. 연리운의 옷자락이 크게 펄럭거렸다.

"벌레 같은 인간이 본좌를 모욕했다. 스스로 무의 총애를 받는다고 자부했다. 그것을 알면서, 너는 궁문을 닫으라 말하는 것이냐?"

"신교(神教)의 소교주이자 당신의 아들이었던 자로서 청하는 말입니다."

연리운은 물러서지 않고 그렇게 말했다. 그러자 연리운을 핥던 살기가 조금 누그러졌다. 연리운은 멈추지 않고서 계속 말했다.

"이미 몇 명의 군주가 그 인간에게 힘을 보태주고 있습니다. 당장 하이로드의 예비 사도가 그 인간의 곁에 머무르고 있고, 그 인간의 행동에 다른 군주의 의도가 섞였을지도 모르는 일입니다."

"그대는 본좌를 바보로 아는 것이냐?"

무령이 내뱉었다.

"그 사실은 본좌도 알고 있다. 한데 그것이 무슨 상관이란 말이냐? 사도라 해도 결국에는 인간에 지나지 않는다. 인간 따위에 지나지 않아."

아아.

연리운은 어둠 너머에서 웅크린 부친의 모습을 그리며 표정을 가다듬었다. 한때 천마라 불리던 남자는 바라던 대로 인간을 초월했으나, 그토록 바라던 신은 되지 못하였다.

"본좌는 모욕을 감내하지 않을 것이다. 사신장 중 둘이 죽었다고 하나, 본좌의 철혈궁은 굳건하다."

도대체 어디서부터 잘못되었던 것일까.

"주제도 모르는 벌레들. 본좌를 사냥할 수 있다고 생각하는 모양이지? 그 비천한 목숨이 꺼져갈 때, 자신들이 하고자 한 일이 얼마나 오만하고 헛된 몽상이었는지 깨닫고 후회할 것이다."

연리운은 조용히 눈을 감았다. 무령이 예비 사도인 박준환을 통해 '그 인간'과 접촉을 시도했을 때만 해도, 일이 이렇게 될 것이라고는 상상하지 않았다.

회유에 실패했을 때. 무령이 분노하여, 박준환으로 하여금 그 인간을 죽이라고 명령했을 때. 무령이 직접 박준환의 몸에 강신하여, 예비 사도의 몸을 터뜨려 죽였을 때.

'거기서 멈췄어야 해.'

그랬다면 상황이 이렇게까지 되지는 않았을 것이다. 아니, 적어도 금강신장 유기가 죽었을 때 멈췄더라면…… 제종이 홀로 내려가겠다고 하였을 때, 그것을 허락하지 않았더라면…… 연리운은 감고 있던 눈을 떴다. 결국, 모든 것이 부질없는 후회였다.

"아버님."

"호법신장."

무령이 살기 어린 목소리로 내뱉었다.

"그대는 아직도 스스로를 인간이라 여기는가?"

"……아닙니다, 궁주님."

연리운은 그렇게 대답하며 한 걸음 뒤로 물러섰다.

"물러가겠습니다."

연리운은 꿈틀거리는 어둠에서 등을 돌렸다. 변해도 너무 변해 버렸다는 생각이 들었다.

'이곳에 오지 말았어야 해.'

10년 전. 13명의 군주가 20명이었을 때.

그들이 혼돈의 근원을 탐해 어비스에 처음으로 들어왔을 때 자신의 세력을 이끌고 어비스에 들어온 20명의 준 신격들 중 7명은 혼돈의 근원을 감당하지 못하고 존재가 무너졌다. 남은 13 군주는 간신히 외차원으로 피신하는 것에 성공했지만, 무사하지는 못했다.

'이곳에 오지 않았다면…….'

연리운은 열린 문틈으로 나가며 몸에 들러붙은 어둠을 떨쳐냈다.

무령의 광증(狂症)은 최근 몇 년 동안 점점 심해지고 있었고, 왕좌의 어둠은 더 진해지고 있었다.

6장
나는 너를

같이 밥이나 먹자.

'데이트? 데이트인가?'

백현에게서 갑자기 그런 연락이 왔을 때, 정수아는 무척이나 당황하면서 흥분하고, 기대했다. 귀면주 여왕의 둥지 이후로 백현과 만난 적은 없었고, 연락도 거의 주고받지 못했다. 간간이 안부차 메시지를 주고받긴 했지만, 나눈 대화도 많지 않았다.

[재생의 뱀이 흥분합니다.]

메시지는 군주가 헌터를 주시하고 있을 때 들려오는 것이었고, 재생의 뱀은 계약자를 많이 두지 않는 군주였다. 최근 들어 재생의 뱀은 정수아에게 부쩍 많은 메시지를 보내고 있었다. 조만간 예비 사도로 선택되어 사도의 시련을 받게 될지도 모른다. 정수아는 내심 그런 생각을 하면서 화장실 거울 앞에 서서, 자신의 모습을 확인했다.

'나쁘지 않아.'

제법 겸손하게 내린 평가였다.

약속했던 시간까지 충분히 여유 있었으나, 몇 시간 전부터 준비를 시작했다. 추천받은 샵에 가서 머리는 물론 화장까지 부탁했고, 자신 있는 스타일의 옷까지 입었다.

식당 선정도 자신 있었다. 무조건 돈만 많다고 올 수 있는 곳이 아닌 청담동의 은밀한 고급 스시야. 그중에서도 룸을 예약했다. 그런 곳이니만큼 밥 한 끼 가격이 어마어마했지만, 정수아는 개의치 않았다.

백현과 정수아는 서로가 유명인이다 보니 어디를 가도 주변 시선이 달라붙는다. 게다가 동성도 아니고 이성, 사정을 모르는 대중들이 보기에는 뜬금없는 조합이다. 가십거리가 생겨나기에는 딱 좋다.

'스캔들…… 상관없기는 한데……'

정수아는 귀면주의 둥지에서 보았던 백현의 복근을 떠올리며 낮게 헛기침을 내뱉었다.

[재생의 뱀이 키득키득 웃습니다.]

"······주책이시라니까······."

군주의 관심을 받는 것은 좋았지만, 이런 생각에도 하나하나 반응해 주는 것은 굉장히 민망하고 부끄러웠다.

정수아는 마지막으로 거울을 보고 화장을 점검했다.

입술 색이 좀 옅은가?

원체 화장을 잘 하지 않는지라, 봐도 잘 알 수 없었다. 색을 조금 더 바를까 했지만, 괜히 더 건드렸다가 지금보다 이상해지지 않을까 두려워, 결국 그만두었다.

"룸에 가 계십니다."

화장실을 나오자 앞에서 기다리고 있던 여자가 살짝 머리를 숙이며 알려주었다. 정수아는 화들짝 놀라 핸드폰을 확인했다. 약속 시간보다 10분은 일렀다.

'왜 이리 빨리 온 거야?'

그런 정수아도 약속 시간보다 30분은 일찍 왔다.

"저기······."

"네?"

"제 얼굴 이상하지 않아요?"

여자는 눈을 깜박거리며 정수아의 얼굴을 바라보았다.

"아뇨…… 안 이상하세요."

"정말요?"

"네."

"예뻐요?"

"네? 아, 네. 예쁘세요."

그 말에 정수아는 안도의 한숨을 내쉬고서 룸으로 향했다. 닫힌 룸 앞에서 정수아는 마지막으로 각오를 다졌다. 이건 데 이트가 아니다. 그냥 밥 한 끼. 평일 저녁에 할 일도 없고, 같 이 밥 먹어 줄 친구가 없는 외로운 이성 남녀가 서로의 필요에 의해 만나 단둘이 밥을 먹는 것에 지나지 않는다.

[재생의 뱀이 재촉합니다.]

룸의 문을 열었다.

백현은 널찍한 룸 한가운데에 앉아 주변을 휘휘 둘러보고 있었다. 평생 살면서 청담동의 식당에서 밥을 먹는 것은 이번 이 처음이었다. 고아원 출신의 아르바이트 인생이었던 백현에 게 강남구, 특히 청담동의 식당은 비싸고 양은 적은 곳이라는 인상이 강하게 박혀 있었다.

물론 지금의 백현은 청담동에서의 밥 한 끼로 벌벌 떨 정도

로 주머니 사정이 곤궁하지 않았다. 하고자 한다면 작은 건물
은 다이렉트로 살 수도 있었다. 사소한 문제가 있다면, 백현은
돈을 쓸 줄도, 욕심도 없다는 것이었다. 식도락과 미식에도 별
관심이 없어서 집에서도 거의 나오지 않고 배달 음식을 시켜먹
거나, 라면을 끓여 먹는다.

"어, 왔어?"

백현은 문을 열고 들어오는 정수아를 보며 손을 들어 인사
했다. 사실 정수아가 문 앞에 서 있던 것과 화장실 앞에서 나
누던 대화까지 모두 들었지만, 그것을 딱히 내색하지는 않았다.

"빠, 빨리 오셨네요."

"내가 보자고 한 주제에 늦으면 좀 그렇잖아."

정수아는 급히 신발을 벗고서 룸 안으로 들어왔다. 그러면
서 정수아는 아닌 척 백현을 힐긋힐긋 쳐다보았다. 백현의 옷
차림은 좋게 말하자면 무난했고 나쁘게 말하면 대충이었다.
특색 없는 흰색 반팔 티에 찢어진 연청바지. 그나마 다행인 것
은 흰 티의 목이 늘어나지 않았다는 것일까. 몇 시간 공을 들
여 준비한 정수아와는 확실히 대비되는 모습이었다.

'잘 어울려……'

하지만 정수아는 만족했다. 무난한 옷차림이었지만 키가 크
고 체격이 좋은 사람은 뭘 입어도 잘 어울린다.

정수아는 백현의 앞에 마주 앉았다. 그녀가 룸을 선택한 것

은 주변 시선을 신경 쓰지 않기 위함도 있었지만, 단둘이서 마주 앉을 수 있다는 점도 크게 한몫하고 있었다.

"그런데, 여기 메뉴판은 없어?"

"아…… 음식은 오마카세로 미리 주문했어요. 오빠, 술 드실 거예요?"

"마시면 먹기는 하겠는데, 오마…… 뭐?"

"오마카세요. 주방장님이 알아서 스시를 쥐어 내주실 거예요."

"먹어본 적이 있어야 알지. 내가 아는 초밥은 동네 초밥집의 13,000원짜리 스페셜 코스가 최고가였어."

백현은 그렇게 대답하면서 따뜻한 차를 호록 마셨다.

"여기 소고기 초밥 나와?"

"……그…… 그건 안 나와요."

"여기 비싼 곳 아니었어?"

"그렇긴 한데…… 소고기 대신 참치는 나와요."

백현에게 참치는 통조림 참치가 익숙했고, 가끔 마트에서 싸게 파는 참치 회를 먹어본 적만 있었다.

정수아는 직원을 불러 맥주 두 잔을 주문했다.

"갑자기 연락하실 줄은 몰랐어요."

"민식이가 며칠 동안 연락이 안 되더라고. 어비스에서 바쁜가 봐."

백현이 어비스에서 나오고 사흘이 흘렀다.

그동안 백현은 자신의 집에서 제종과의 싸움을 몇 번이나 다시 회상했다. 제종과 싸움을 앞두었을 때. 백현은 제종을 쓰러뜨리면, 다음 경지로 가는 길이 조금은 보일 것 같다는 확신을 느꼈다. 실제로 그랬다. 느껴지지도 않았던 오성의 벽을 지금은 확연히 느낄 수 있었다. 문제는 그것을 어떻게 부수고 나아가느냐다.

"민식이 오빠 대신인 거예요?"

"에이, 그런 건 아니지. 그때 이후로 만나는 건 처음이잖아. 꽤 오랜만이기도 하고. 잘 지냈어?"

"저야 잘 지냈죠."

정수아는 배시시 웃으면서 대답했다.

장난처럼 한 말이기는 했지만 조금은 진심이 담겨 있었기에, 대신이 아니라는 백현의 대답에 기분이 좋아졌다.

백현은 정수아에게서 느껴지는 힘이 예전과 비교도 할 수 없이 강해졌음을 느꼈다. 귀면주 여왕의 독단을 흡수한 덕도 있고, 재생의 뱀이 그녀에게 더욱 많은 권능과 힘을 실어준 덕분이기도 할 것이다.

"몇 가지 묻고 싶은 것도 있고."

"저한테요?"

"너한테도, 네가 섬기는 군주한테도."

그렇게 말하는 중에 맥주가 나왔다.

[재생의 뱀이 백현의 말에 흥미를 갖습니다.]

정수아는 두 눈을 동그랗게 뜬 상태로, 앞에 놓인 맥주잔을 잡지도 않고 백현만 빤히 쳐다보았다.

"짠 안 해?"

백현이 맥주잔을 잡아 들며 물었다. 정수아는 그제야 정신을 차리고 고개를 끄덕거렸다.

차게 식은 맥주잔이 부딪쳤다.

백현은 단숨에 잔을 비웠고, 정수아는 천천히, 맥주를 홀짝거리면서 백현을 바라보았다.

그녀가 무슨 말을 해야 할지 잠시 고민하던 중에 음식이 나왔다. 먹기 아까울 정도의 비주얼을 갖춘 일식의 행진이 시작되었다.

"요즘 어떻게 지내?"

정수아가 말을 꺼내기 전에 백현이 입을 열었다.

"잘…… 지내죠. 오빠 덕분에요. 그때 얻은 독단 덕에 제 능력이 굉장히 강해졌거든요."

"너도 미조사 지역 탐색하고 있어?"

"그것도 하는데, 저는 현상금 주력이에요."

"고스트 사냥?"

"사냥이라는 말은 좀 그렇지만……."

정수아가 쓰게 웃었다.

어비스에 드나드는 인간들 전원이 관리국에 등록된 헌터인 것은 아니다.

관리국의 영향력이 약하고 치안이 좋지 않은 국가에서는, 밀입국을 통해 어비스에 몰래 들어가 군주와 계약을 맺는 불법 헌터, '고스트'들이 꾸준히 늘어나고 있다.

5년 전에 어비스에 들어갔음에도 아직 관리국에 등록하지 않은 오래된 고스트의 수도 상당했다.

그들은 관리국의 입장에서 보면, 일반인을 위협하는 잠재적 범죄자였다. 사실 잠재적 범죄자라기보다, 그들은 실제로 범죄자였다. 헌터의 힘은 몬스터와 싸우는 것뿐만이 아니라 사람을 공격하는 것에도 능했고, 아직까지 내전과 테러가 끊이지 않는 중동 쪽은 고스트들로 이루어진 용병 부대가 대놓고 운용되고 있었다.

"사회적으로 큰 문제잖아요? 위험성만 따지고 보면 고스트는 몬스터보다 위험해요. 몬스터는 매달 말일에만 어비스에서 나오지만, 고스트는 어비스와 현실을 마음대로 오갈 수 있다고요."

고스트가 위험한 이유는 '약탈'이었다. 그들은 어비스 내의 헌터를 습격해 아이템과 코인을 빼앗는다. 운이 좋으면 목숨을 건지겠지만, 고스트의 사냥감은 대부분 목숨을 잃는다. 문제는 같은 헌터를 죽이는 것에도 몇몇 '군주'는 그에 따른 대가를 내려준다는 것이었다.

"동쪽은 환경적으로도 위험하지 않아서, 많은 헌터들이 몰려 있는 곳이죠. 그만큼 고스트들도 많아요."

백현도 고스트에는 꽤 관심을 가지고 있었다. 몬스터를 상대로 경험을 쌓은 헌터와 사람을 상대로 경험을 쌓은 놈들. 굳이 말하자면, 고스트는 사람을 죽이는 것에 이골이 난 놈들이었다.

'관리국이 파악하고 있는 예비 사도와 사도는 모두가 정식으로 등록된 헌터들이야.'

어쩌면 등록되지 않은 고스트 중에서도 예비 사도나 사도가 있을지도 모른다.

"오빠는 어때요? 벨파르에서 천둥새 토벌에 참가했다는 얘기는 들었는데…… 아, 저 궁금한 거 있어요. 거기서 대체 무슨 일이 있었던 거예요?"

스시가 나오기 시작했다. 각자의 접시에 하나씩 올라간 스시를 주방장이 직접 들고서 룸으로 들어와, 사용한 생선의 이름과 먹는 방법을 설명했다. 백현은 그것을 들으며 스시를 입안에 넣었다.

'아.'

백현의 머릿속에서 '초밥'과 '스시'가 전혀 다른 음식으로 각인되었다.

"여태까지 내가 먹은 것은 생선 주먹밥이었구나."

"네?"

"맥주 한 잔만 더 주세요."

백현은 고개를 끄덕거리면서 맥주를 주문했다.

뒤늦게 말뜻을 알아들은 정수아가 풋- 하고 웃었다.

"무령의 권속들이랑 싸웠어."

"······네?"

"사신장이라는 놈들인데, 굉장히 강하더라고. 굳이 남쪽까지 내려간 것도 그 녀석들과 만나기 위해서였고."

"잠······ 깐만요."

정수아의 눈동자가 흔들렸다.

[재생의 뱀이 백현의 말에 귀를 기울입니다.]

[재생의 뱀이 큰 흥미를 갖습니다.]

"천둥새를 잡았던 것은, 그곳에 있는 헌터들······ 정확히 말하자면, 그들을 눈과 귀로 쓰고 있는 군주들에게 보여주고 싶었던 거야. 내가 얼마나 강한지 말이야."

스시가 나왔다.

"간장은 찍어 먹지 않아도 괜찮습니다."

주방장이 말했고, 백현은 그 말을 따랐다. 이번에도 입안에서 살살 녹았다. 백현은 흐뭇한 미소를 지었다.

"마침 그곳에 철혈궁의 사신장 중 하나가 강림했고, 나는 놈을 죽였어. 그 뒤에는 용성군의 사도인 라이 룽이 접촉해 왔지. 아, 직접적인 접촉은 아니었어. 나랑 직접 만나고 싶지 않은 것인지, 나를 따라 다니는 하이로드의 예비 사도…… 진 웨이를 통해 나한테 경고를 전하더군. 카르파고를 조심하라고 말이야."

정수아의 머리가 혼란으로 엉클어졌다. 그녀는 데이트라 생각하고 설레는 마음으로 나왔는데, 백현이 하고 있는 말은 그녀의 상식과 이해를 벗어나 있었다.

"내가 왜 너를 만나고자 했냐면."

백현은 맥주로 입안을 적셨다.

"내가 그나마 친분이 있는 헌터는 둘이야. 민식이랑 수아, 너."

"……네……."

[재생의 뱀이 백현의 말을 기다립니다.]

그건 정수아도 마찬가지였다. 그녀는 놓인 스시를 먹지도 못하고서 백현의 입술을 바라보았다.

3

"민식이랑은 당장 연락도 안 되고, 그래서 수아 너에게 물어 보는 거야. 그리고 '재생의 뱀'은 나에게 경계보다는 호감을 가지고 있는 것 같기도 하고."

[재생의 뱀이 백현의 말에 웃음을 터뜨립니다.]

"……오빠는…… 저한테…… 무슨 말을 듣고 싶은 거예요?"
"뭔가 말을 듣고 싶어서 이러는 것은 아니야."
백현은 그렇게 말하면서 맥주잔을 비웠다.

"듣고 싶은 것이 아니라 보고 싶은 거야. 어디 보자, 내가 무령과 적대 관계가 되니까 접촉해 온 게…… 퓨어세인트와 하이로드, 용성군. 혈사자는 아직 접촉은 안 해왔지만, 경고까지 받았으니 언젠가는 부딪쳐 오겠지. 그런데 아직 다른 군주들은 움직이지 않았거든? 어쩌면 내가 모르는 사이에 움직였을 지도 모르지만."

템페스트는 무령에게 살의를 가지고 있다. 하지만 템페스트가 직접 무령을 공격할 일은 없을 것이다. 이유는 몰라도 템페스트는 서민식을 끔찍하게 아끼고 있으니까.

그렇다면 재생의 뱀은 어떨까.

재생의 뱀은 이 상황을 알지 못했던 것일까? 그때, 남쪽 천둥새 토벌에 참가한 헌터들 중 재생의 뱀과 계약한 헌터가 없었나? 이상한 일은 아니다. 재생의 뱀은 계약을 권하지 않기로 악명이 높은 군주다.

만약 알고 있었다면?

재생의 뱀이 별 반응을 보이지 않는 이유는 무엇일까. 그 군주는 백현에게 접촉한 군주들과는 다르게 무령을 사냥하는 것에 별 관심을 보이지 않는 것일까.

[재생의 뱀이 당신을 예비 사도로 선택하고자 합니다.]

"……어?"

[재생의 뱀이 당신의 대답을 기다리고 있습니다.]

갑작스레 들린 소리에 정수아의 두 눈이 크게 흔들렸다. 백현은 힐긋 눈을 들어 정수아의 얼굴을 바라보았다.

"왜 그래?"

"재, 재생의 뱀이 절 예비 사도로 선택했어요……!"

그 말에 백현의 눈이 차갑게 식었다.

"받아들이고 말고는 결국 네 선택이겠지만 말이야. 그거, 안 하는 게 좋지 않을까?"

"네……?"

"사도가 된다는 게 꼭 좋은 것 같지는 않거든."

백현은 정수아의 앞에 놓인 스시를 가리키며 물었다.

"그거 안 먹을 거야?

정수아는 머뭇거리다가 스시를 들어 입에 넣었다. 먹기 싫은 것은 아닌 모양이었다.

"그게 무슨 뜻이에요?"

백현은 입으로 떠들지 않고, 박준환과 있었던 일과 그의 죽음에 대해서 전음을 보냈다. 그 말에 정수아는 씹던 스시를 삼키다가 켁켁 기침을 하며 손으로 입을 틀어막았다.

[재생의 뱀이 깔깔 웃습니다.]

[재생의 뱀이 무령을 비웃습니다.]

[재생의 뱀이 자신은 사도를 그렇게 취급하지 않는다고 말합니다.]

다음 스시가 나왔다. 정수아는 죽을상이 되어 스시를 노려보았고, 백현은 맥주를 한 잔 더 주문했다.

'믿어도 되는 건가?'

[재생의 뱀이 당신의 대답을 기다립니다.]

'그렇게 죽고 싶지 않은데……'

[재생의 뱀이 웃음을 터뜨립니다.]

[재생의 뱀이 즐거운 목소리로 맹약을 읊습니다.]

"……나는 너를 죽이지 않는다."

정수아의 입술이 저절로 열려, 목소리를 냈다. 그녀는 흠칫 놀라 손을 들어 입을 틀어막았다. 백현은 정수아의 목소리에 실린 '힘'을 느끼고서 두 눈을 빛냈다.

[재생의 뱀이 당신의 대답을 기다립니다.]

정수아는 멍한 눈으로 천장을 올려다보았다.

"……할게요."

정수아의 의식이 꺼졌다.

7장
오싹

정수아의 분위기가 돌변한 순간, 룸은 백현의 기로 가득 차 그 누구도 들어올 수 없는 밀실이 되었다.

백현은 곧바로 임전태세에 들어갔지만, 정수아에게 일어난 일이 박준환에게 일어났던 일과 다르다는 것을 직감할 수 있었다. 그때 박준환에게 깃들었던 존재감과 힘은, 그의 육체가 절대로 감당할 수 없는 파괴적인 힘과 광적인 살기의 범벅이었다.

하지만 지금, 정수아의 몸에 깃든 존재는 잠잠하고 고요했다. 백현은 앉은 자세를 바꾸지 않고서 정수아의 얼굴을 노려보았다.

'설마 이렇게 덥석 물 줄은 몰랐는데.'

마라신장와 호법신장. 사신장 중 남은 둘과 마저 싸우기 전,

백현은 자신이 처한 정확한 상황을 파악하고자 했다. 속내를 알 수 없는 퓨어세인트를 다시 찾아가고 싶은 마음은 없었고, 진 웨이도 마찬가지였다. 만난 적도 없는 라이 룽과 카르파고는 아예 염두에도 두지 않았다.

서민식도 마찬가지였다. 연락도 되지 않고, 템페스트는 서민식을 위험한 상황에 절대로 밀어 넣고 싶어 하지 않는다. 그것은 백현도 마찬가지였다.

그렇다고 정수아를 위험에 처하게 하고 싶은 것은 아니었지만.

재생의 뱀은, 백현이 겪은 군주 중에서. 백현을 회유하려 하지 않고, 무언가 수작을 부리지도 않은 유일한 군주였다.

백현은 귀면주 여왕의 둥지에서 정수아에게 은혜를 베풀었다. 당시에는 정당한 거래라는 형태로 정수아를 납득시켰지만, 사실 그것은 누가 보아도 정당하지 못한 거래였다.

백현이 없었다면 정수아는 그곳에서 죽었을 것이다. 그녀는 분명 강했지만, 긴 세월 독단을 연성해 온 여왕을 감당할 정도는 아니었다.

정수아가 독단을 취할 수 있었던 것도 백현이 양도해 주었기 때문이다. 30억은 엄청난 거금이지만, 목숨값과 독단의 값으로는 너무 쌌다. 재생의 뱀은 거래 뒤에 백현에 대한 호감의 증거로서 사린 흑의를 주었고, 그 옷은 여러모로 요긴하게 사용하고 있었다. 빨 필요도 없고 찢어져도 복구되니 막 입는 것에 이만한 옷도 없었다.

덕분에 백현도 재생의 뱀에게는 꽤 호감을 가지고 있었다. 선물도 받았고, 그쪽에서 수작을 부리지도 않았다. 정수아의 태도를 보면 재생의 뱀은 백현에게 아무런 경계나 적의도 가지고 있지 않은 듯했다.

그래서 정수아를 만났다.

밥이나 먹으면서 이번 일에 대해 알려주고, 정수아와 재생의 뱀의 반응을 볼 생각이었는데. 설마 대뜸 재생의 뱀이 정수아를 예비 사도로 삼을 줄이야.

"언제까지 경계하고 있을 셈이냐?"

감겨 있던 정수아의 두 눈이 떠졌다.

그녀의 두 눈은 영롱한 녹색으로 변해 있었다. 그 외에 모습은 아무것도 변하지 않았으나, 백현의 앞에 앉아 있는 것은 정수아의 거죽을 뒤집어쓴 전혀 다른 존재였다.

"답답하구나, 아주 답답해. 이 작은 몸에 들어온 것도 답답할 진데, 이 작은 방은 네 기운으로 가득 차 있구나."

정수아는 그렇게 중얼거리면서 몸을 반쯤 뒤로 뉘었다. 살짝 들어 올린 턱과 내리깐 눈이 백현을 보았다. 느껴지는 기운만 달라진 것이 아니었다.

말투와 목소리의 높낮이, 억양, 몸짓. 모든 것이 아까의 정수아와 달랐다.

"지금 하고 있는 그거. 수아한테 해가 되는 것은 아니겠죠?"

"내 스스로 맹약까지 하였거늘, 그를 듣지 못한 게냐?"

"나는 너를 죽이지 않는다."

"과해도 아주 과했지. 제법 아끼자 마음먹기는 했다만, 채 익지도 않은 권속을 안심시키고자 맹약까지 하게 될 줄이야."

'재생의 뱀'이 키득키득 웃으며 말했다. 백현은 그녀를 물끄러미 보다가 입을 열었다.

"그거, 의미는 있는 건가요?"

"아무렴. 신격에 닿은 존재가 스스로의 의지로 뱉은 맹약이다. 그를 어기는 것은 스스로의 격을 모욕하고 부정하는 꼴이지. 네가 생각하는 일은 일어나지 않을 터이니 너무 염려치 말거라."

재생의 뱀은 그렇게 말하며 고혹적인 미소를 지었다.

정수아의 얼굴로 저런 표정이 가능할 줄이야. 백현은 내심 혀를 내두르면서 방 안을 장악하고 있는 기를 거두었다.

"그보다 이 방, 꽤 덥지 않으냐."

"……뭐요?"

재생의 뱀이 위에서부터 셔츠의 단추를 풀어 내리기 시작했다. 백현은 그것을 황망한 눈으로 바라보았다.

재생의 뱀이 키득키득 웃으며 단추를 세 개째 풀 때, 백현이 보다 못해 손을 들어 올렸다.

"뭐하자는 거예요?"

"더우면 벗어야지. 무어가 잘못되었느냐?"

"많이 잘못됐죠. 벗긴 왜 벗어? 더우면 에어컨을 켜달라고 하면 되는데."

"왜 오늘은 내가 준 옷을 입고 오지 않았느냐?"

"그 쫙 달라붙는 가죽 타이즈를 어떻게 입고 돌아다녀요? 어비스랑 집에서는 잘 입고 있어요."

"집? 집이라, 그렇구나. 네 집으로 가면 그 모습을 볼 수 있는 게냐?"

"오지 마요."

백현은 정색하고서 대답했다.

재생의 뱀이 입가를 가리고서 우후후 웃었다. 그녀의 녹색 눈동자가 뱀의 것처럼 가늘어졌고, 백현의 피부에는 오싹 소름이 올라왔다. 생전 처음 느껴보는 형태의 위기감이 피부밑을 기어 다녔다.

문이 열리고 다음 스시가 들어왔다. 주방장은 돌변한 방 안 분위기에 조금 당황했으나, 크게 내색하지 않고서 스시에 대해 설명해 주었다. 주방장이 나가자, 재생의 뱀은 기다렸다는 듯이 스시를 맨손으로 집어 올렸다.

"이런 식사는 오랜만이로구나."

도톰한 입술이 열리고, 붉은 혀가 길게 뻗어졌다. 재생의 뱀은 밥 위에 올라간 생선회의 표면을 한 번 훑고서 눈웃음을 짙게 지었다. 스시가 그녀의 입안으로 들어갔다. 재생의 뱀은 함께 들어간 손가락을 쭙- 하고 빨았다.

"수아 몸으로 그러지 좀 마요."

"권속의 몸뚱이가 곧 나의 것이란다."

"기분 나쁜 말이네. 수아 몸이 왜 당신 거예요?"

"나는 이 아이에게 권능을 비롯해 많은 힘을 주었지. 그만한 것을 주었으면 나도 무언가를 받아야 하지 않겠느냐?"

"모든 군주가 그런 식으로 생각하는 거예요?"

"다른 군주들이 권속을 어찌 생각하는지는 내 알 바가 아니지."

재생의 뱀이 차가운 맥주잔을 흔들며 웃었다.

"이 음료는 마음에 들지 않는구나. 목젖을 찌르는 것도 애매하고 맛도 약해."

"도수가 약하다는 거예요, 탄산이 부족하다는 거예요?"

"너희들이 즐기는 술이라는 것도 결국에는 독이니, 나에게는 그 어떤 술도 부족하다 느껴지는 것이야."

"혹시라도 독을 더 타서 마실 생각은 하지 마요. 수아 몸이 버티지 못할 것 같으니까."

백현의 말에 재생의 뱀이 쿡쿡 웃었다.

"너는 여전히 나를 의심하는 모양이구나. 나는 이 아이가 꽤나 마음에 들었단다. 우유부단한 데다 약하지만, 필요할 때에는 결단을 내릴 줄 알고 고집도 있지. 적당한 때를 보아 사도로 삼을 예정이었다만."

재생의 뱀은 그렇게 중얼거리면서 맥주잔을 내려놓았다.

"이편이 피차 편하지 않겠느냐?"

"무슨 뜻이에요?"

"너는 내 권속이 아닌 나에게 궁금한 것이 있었고, 나의 반응을 살피고자 했다. 그래서 내 권속을 꾀어내 만나고자 한 것 아니냐."

"꾀어냈다는 말은 좀 그렇지 않아요?"

"순수한 의도로 만나고자 한 것은 아니잖으냐?"

"그건 인정하죠. 설마 당신이 이렇게 적극적으로 나설 것이라고는 생각하지 못했지만."

"꽤 흥미가 동하는 일이었으니까. 또, 나는 네가 굉장히 마음에 든다."

"그건 나도 마찬가지예요. 내가 만나 겪은 군주 중에서는 당신이 나한테 제일 잘해줬었고, 그래서 만나보고 싶었어요. 오늘부터는 조금 생각이 바뀔 것 같지만."

"어떻게 바뀐다는 것이냐?"

재생의 뱀이 흥미를 담아 두 눈을 빛내며 백현을 보았다.

백현은 반쯤 마신 맥주잔을 내려놓으며 입술 위의 거품을 핥았다.

"뭔가 좀, 변태 같네요."

"욕망에 솔직한 것뿐이란다. 나름대로 자제하고 있는 편이기도 하지. 이건 너와 나의 권속에 대한 배려인 게야."

재생의 뱀은 부정하지 않고서 우후후 웃었다.

"나는 네가 무령과 적대하는 것이나, 무령의 영역을 침범하여 그 권속과 싸움을 벌였다는 사실은 모르고 있었단다."

"정말로?"

"사실 알아도 별 관심은 두지 않았겠지. 그들이 무엇을 하든 내 알 바는 아니니."

재생의 뱀은 심드렁한 목소리로 중얼거렸다. 백현은 귀를 기울이고 감각을 활짝 열었으나, 그 말을 거짓이라 생각할 수는 없었다.

"다른 군주들이 그 혼돈의 구렁텅이에서 무엇을 하고, 무엇을 바라건 내 알 바는 아닌 것이야."

"그럼 당신은 뭘 바라는 거죠?"

"쓸 만한 권속을 거두는 것과 여태까지 살아온 시간…… 그리고 앞으로 살아가야 할 긴 시간을 위한 적당한 유희."

재생의 뱀은 그렇게 말하면서 입꼬리를 올려 웃었다.

"이런 유희는 좀처럼 없단다."

"다른 군주들은?"

"그들이 바라는 것은 나도 알지 못한단다. 나는 그들과 교류

하고 있지 않으니까. 하지만 네가 말하는 것이 모두 사실이라면, 그들이 무령을 사냥하고자 하는 것은 진심이겠지. 딱 좋은 먹잇감이기도 하니."

"그게 무슨 뜻이죠?"

"무령은 비천한 격을 가진 존재란다."

새로운 스시가 들어왔다. 재생의 뱀은 이번에도 손으로 스시를 들어 먹었고, 백현은 눈살을 찡그리고서 그것을 바라보며 젓가락을 사용했다.

"10년 전이구나."

그것밖에 되지 않았어.

재생의 뱀이 쿡쿡 웃었다.

"나의 세계가 혼돈계(混沌界)와 연결되었을 때, 나는 탐욕보다는 흥미에 이끌려 나의 권속을 이끌고서 그 안으로 향했단다."

"혼돈계…… 어비스를 말하는 거죠?"

"그 외에 무엇을 말하겠느냐? 내가 도착했을 때, 그곳에는 나 외에 많은 신격이 와 있었단다. 어떤 이들은 나와 마찬가지인 흥미와 무료함, 또 어떤 이들은 탐욕…… 당시에는 이유 따위는 중요하지 않았지."

재생의 뱀의 웃음이 더욱 진해졌다.

"그만한 격을 갖춘 존재들이, 알 수 없는 혼돈계에 모인 것이야. 그것이면 충분했다. 탐욕스러운 자들은 혼돈의 근원을 찾아 그를 취하고자 하였고, 스스로를 현명하다 여기는 자들은 우선 나서지 않고서 관측하고자 하였지. 후후, 내가 보았을 때, 균형과 질서를 수호해야 한다고 지껄인 자들이야말로 가장 악랄한 위선자였단다. 그들은 혼돈의 근원을 누군가가 소유해서는 안 된다 말하면서 그 누구보다도 혼돈을 탐하였지."

"당신은?"

"무얼 숨기겠느냐? 나는 아무래도 좋았단다."

재생의 뱀이 자랑하듯 말했다.

"나는 혼돈의 근원 따위는 관심 없었단다. 그저 즐거웠지. 아주 즐거웠어. 아아, 그때의 그곳은 정말 끔찍하고 아름다운 지옥이었단다. 매일매일 신격끼리 부딪쳐 싸움을 벌였고, 그들의 권속과 권속이 서로를 죽이고자 하며 실제로 죽어나갔지. 관측자들은 음모자가 되어 수를 꾸몄고, 위선자들은 교활한 혀 놀림으로 이간질을 해서, 나 같은 유희꾼들을 포섭하고 앞세웠단다."

백현은 두 귀를 열고서 재생의 뱀의 이야기를 들었다.

퓨어세인트에게는 듣지 못했던 이야기다. 무령의 과거에 대해 이야기해 준 제종도 이 일에 대해서는 말해주지 않았었다. 이 세계를 살아가는 사람들이 아는 어비스의 출현은 5년 전이었다. 하지만 재생의 뱀은 10년 전을 말하고 있었다.

"그 당시의 무령은 그 누구보다도 탐욕스러웠단다. 당연하고 어쩔 수 없는 일이었지. 그때 혼돈의 세계에서 날뛰던 20명의 신격 중, 무령은 가장 비천한 격을 가지고 있었으니."

'20명?'

백현의 눈썹이 움찔 떨렸다.

"무령이 도달한 신격은 스스로 이룬 것이 아니었기에, 그는 절대로 자신의 신격을 완성할 수가 없었단다. 애처롭고 우스운 사실은, 그것이 무령뿐만이 아니라 그가 데리고 있는 모든 권속도 마찬가지였다는 게야."

백현은 유기와 제종을 떠올렸다.

특히 제종의 마지막 모습을.

"그러니 더욱 갈망했던 게야. 혼돈의 근원을 손에 넣는다면, 절대로 완성할 수 없는 신격이라 해도 완성할 수 있다고 생각했던 게지."

"그래서 어떻게 되었죠?"

"이렇게 되었지 않느냐?"

재생의 뱀이 참지 못하고 큰 소리로 웃음을 터뜨렸다.

그러던 중에 룸의 문이 열렸다. 접시를 들고 들어오던 주방장이 움찔 멈춰서 재생의 뱀을 바라보았다.

"수…… 수아 양의 그런 모습은 처음 보는군요."

"음식이나 놓고 꺼지어라, 늙고 비루한 인간아. 네 재주로 만든 음식 대신 널 집어삼켜 주랴?"

재생의 뱀이 웃음을 멈추고서 주방장을 노려보았다. 주방장은 히익 소리를 내며 접시를 놓고 후다닥 사라졌다.

"수아 몸으로 대체 무슨 말을 하는 거예요?"

"주제도 모르고 말을 붙였잖느냐?"

"성격도 참……."

백현은 투덜거리면서 스시를 젓가락으로 집었다. 생선 이름을 못 들은 것이 아쉬웠다.

"그만한 신격이 매일같이 싸움을 벌였다. 아무리 혼돈계라고 해도 버틸 리가 만무하지. 어느 순간 혼돈이 들끓어 폭주했다. 아니, 어쩌면 처음부터 그것이 의도였을까."

"그건 무슨 말이에요?"

재생의 뱀은 그 질문에 대답하지 않고 비죽 웃었다.

"파국은 갑작스레 찾아왔지. 초월자를 넘어 신격을 완성해 가던 자들. 혼돈계에 도착해 매일 다툼을 벌이던 20명 중 7명이 혼돈에 삼켜졌고, 그들을 따르는 모든 권속이 주인과 운명을 같이 하였단다."

백현의 입이 반쯤 벌어졌다.

"간신히 혼돈에 침식되지 않은 이들은 뒤늦게 혼돈계에서 탈출을 시도하였으나, 본래의 세계로 돌아갈 수 없었단다."

그때부터란다.

재생의 뱀이 속삭이듯 말했다.

"혼돈이 폭주하면서 차원 축이 뒤틀려 무수히 많은 구멍이 만들어졌고, 그 구멍이 이 세계와 연결된 게야. 인간이 처음 혼돈계에 들어왔을 때, 우리는 언제 또 혼돈이 폭주해 우리의 존재를 침식할까 두려워 웅크리고 있었지. 추하고, 부끄럽게 말이야."

재생의 뱀이 다시 웃음을 터뜨렸다.

"우리는 모두 신격을 완성해 가는 존재들이었기 때문에, 혼돈에 침식되는 것이 얼마나 끔찍한 타락인지 잘 알고 있었단다. 살아오면서 이룩한 모든 역사와 신화, 그것이 완전히 무(無)가 되고, '나'라는 자아가 붕괴해……. 후후, 우후후, 차라리 죽는 것이 낫지. 죽는 것이 나아."

재생의 뱀이 고개를 끄덕거리면서 중얼거렸다.

"처음에는 써먹을 수 있다고 생각했단다."

"무엇을?"

"인간을."

녹색으로 변한 뱀의 눈동자가 백현을 응시했다.

"비천하다 못해 아무런 격도 갖지 못한 것이 바로 인간이란 종족이란다. 그런 주제에 탐욕스러운 데다 숫자도 많으니 더할 나위 없었지. 침식에서 살아남은 13명은 처음으로 싸움이 아니라 스스로의 안위를 위해 한자리에 모여, 인간을 어떻게 써먹을까 궁리하였지."

퓨어세인트는 인류애라고 말했었다.

"아직까지 탐욕을 부리던 이들은 인간을 새로이 권속으로 삼아 혼돈의 근원을 찾겠다고 하였고."

재생의 뱀이 혀를 내밀어 입술을 핥았다.

"혼돈에 침식되는 것을 꺼리고 두려워하면서도, 아직까지 그 모든 것을 평생 겪지 못한 위험한 유희라 여긴 미치광이들은 아무래도 좋았단다."

재생의 뱀이 손을 들어 정수아의 가슴을 움켜쥐었다.

"아직까지 스스로를 지혜롭다 여긴 관측자들은 자신들의 지혜로 상황을 타개하고자 했다. 그들은 앞장서서 혼돈계에 인간을 위한 편의를 만들었지."

거주 구역. 게이트. 상점.

"그때까지도 균형과 질서를 수호해야 말하는 이들은, 자신들의 행동으로 피해를 입은 인간계에 책임을 져야 한다며 떠벌렸단다. 그래, 그들은 여전히 위선자였지. 인류애와 동정심으로 자신을 포장한 그들은 탐욕스러운 자들을 앞장서서 비난했단다."

무령에 대해 말하던 퓨어세인트의 모습이 떠올랐다.

"뜻을 모은 우리는 혼돈계를 인간이 살아갈 수 있도록 할 수 있는 만큼 변형시켰고, 혼돈의 폭주를 피해 차원의 틈으로 이주했지. 그리고 우리는, 다시는 혼돈계에 본신을 강림할 수 없음을 알게 되었지."

"왜죠?"

"우리라는 거대한 존재가 떠나가면서, 그 공백을 혼돈이 새로 채워 버렸기 때문이란다. 신격은 그 존재만으로 차원을 뒤흔드는 무게를 가지고 있지. 직접 강림한다면, 기다렸다는 듯이 혼돈이 폭주해 우리의 존재를 침식해 버리고 말게야."

"그래서 사도를?"

"각자 추구하는 것이 있으니 사도를 둔 것 아니겠느냐?"

재생의 뱀은 그렇게 말하며 백현을 지그시 바라보았다.

"무령은 운이 좋았단다. 무척 운이 좋았지. 그는 거의 혼돈에 침식당할 뻔하였으나, 간신히 타락을 면하였어. 그렇기에 딱 좋은 먹잇감이라고 한 것이다. 비천한 격을 가지고 있으니 마음에도 안 들고, 혼돈에 침식당했던 여파를 아직 떨쳐내지도 못했을 터이니 힘이 강하지도 않겠지."

"그래서 무령을 사냥하려 한다?"

"그를 죽이려는 이유는 군주마다 다르겠지. 용성군은 균형과 질서를 수호해야 한다 떠들던 위선자였고, 혈사자는 탐욕스러우면서 유희를 추구했단다. 하이로드는 스스로를 지혜로운 관측자라 여겼고, 퓨어세인트는…… 후후."

재생의 뱀의 눈 속에서 녹색 불꽃이 일어났다.

"그년을 씹어 삼켰어야 했는데."

퓨어세인트가 재생의 뱀에게 악담을 퍼부었던 것처럼, 재생의 뱀도 퓨어세인트를 굉장히 싫어했다.

"역천자는 뭐죠?"

백현은 재생의 뱀을 똑바로 보면서 물었다. 그 질문에 재생의 뱀의 표정이 묘해졌다.

"그는…… 알 수 없는 존재지."

재생의 뱀이 작은 목소리로 중얼거렸다.

"그는 우리와 같은 신격이었으나 무척이나 이질적이었다. 나는 아직도 그가 혼돈계에서 무엇을 추구하였는지 잘 모르겠구나."

"만나봤을 것 아니에요?"

"만나만 보았을까."

재생의 뱀이 쿡쿡 웃었다.

"그는 탐욕스럽기도 했고, 유희를 추구하기도 했다. 지혜로운 척하면서 상황을 관측하며 음모를 꾸미기도 했고, 때로는 균형을 말하며 위선자처럼 굴기도 했지……. 가장 알 수 없는 것은, 모든 군주가 외차원에 영지를 만들어 이주하였을 때. 함께 이주한 역천자가, 어느 순간부터는 자신의 영지를 나와 혼돈계를 직접 돌아다니기 시작했다는 것이야."

"……어떻게?"

"그것을 내가 어찌 알겠느냐? 덕분에 몇몇 군주들은 혈안이 되어 역천자를 찾고 있겠지, 뻔한 일이야. 혼돈계에 직접 강림

할 수 있다면 굳이 사도나 인간을 사용할 수고가 줄어들지 않
겠느냐."

"그럼."

백현은 제종이 했던 말을 떠올리며 물었다.

"심연의 왕좌는 뭐죠?"

그 말에 재생의 뱀이 놀란 표정을 지으며 백현을 쳐다보았다.

"······네가 그를 어찌 알지?"

"무령의 사신장 중 한 명에게 들었어요."

"알 수 없는 일이로구나······ 그가 왜 너에게 그런 이야기를
했단 말이냐?"

"나도 모르죠."

"대답하기 어려운 것은 아니다만······."

"그럼 말해주면 되잖아요."

"무조건 대답만 해주니 손해 보는 기분이구나."

재생의 뱀은 그렇게 중얼거리며 손가락을 들어 올렸다.

"이리 와보거라."

재생의 뱀이 소리 없이 웃으며 백현을 향해 손가락을 까딱
거렸다.

정수아의 얼굴로, 정수아가 짓지 않는 미소를 지으며, 먹잇
감을 보는 뱀의 눈동자를 빛냈다.

오싹 소름이 돋았다.

"오라고 하지 않았느냐."

재생의 뱀이 손가락을 한 번 더 까딱거렸다. 백현은 쭈뼛거리면서 재생의 뱀을 바라보았다.

여태까지 위기감을 느낀 적은 셀 수도 없이 많았으나, 지금 느끼는 위기감은 강적과의 생사결을 앞두었을 때의 위기감과는 전혀 다른 느낌이었다.

실제로 재생의 뱀은 백현에게 그 어떤 위협을 가하지도, 살기를 내비치지도 않았다.

"……왜요?"

"내 손이 닿기에는 너무 멀잖느냐."

재생의 뱀이 쿡쿡 웃었다. 백현은 슬며시 엉덩이를 들어 재생의 뱀의 옆으로 다가와 앉았다. 재생의 뱀은 상체를 살짝 옆으로 돌려서 백현의 얼굴을 응시했다.

"덥지 않으냐?"

"전혀요."

"나는 덥구나."

재생의 뱀은 그렇게 말하면서 셔츠 자락을 손으로 잡고서 팔락였다. 그녀는 아직까지 셔츠 단추를 푼 모습 그대로였고, 백현은 눈살을 찡그리며 재생의 뱀을 쳐다보았다.

"무령의 신장이 네게 심연의 왕좌에 대해 말했다니, 꽤나 의외로구나."

"의외랄 것까지야."

"그 이름은 모든 군주가 언급을 꺼려하는 금기와 같은 것이니."

"그게 뭔데 그래요?"

"무조건 대답만 해주니 손해 보는 것 같다고 하지 않았느냐."

"그러면 당신도 나한테 뭔가를 물어보지 그래요? 대답해 줄 수 있는 것이라면 나도……."

"나는 너에게 묻고 싶은 것이 없단다."

"왜, 그런 건 안 궁금해요? 내가 가진 힘의 출처라던가……."

백현의 말에 재생의 뱀이 쿡쿡 웃었다.

셔츠 자락을 펄럭거리던 손이 백현의 몸을 향해 천천히 뻗어졌다. 여전히 그 손에는 조금의 살기도 실려 있지 않았지만, 백현은 전신 감각을 곤두세우고서 재생의 뱀이 손이 다가오는 것을 바라보았다.

이윽고, 재생의 뱀의 손끝이 백현의 복근에 닿았다.

"그것도 꽤 궁금하기는 하지만, 나는 이것이 더 궁금하구나."

백현의 몸이 파르르 떨렸다.

재생의 뱀은 손끝을 들어 천천히 백현의 복근을 어루만졌다. 백현의 손바닥이 식은땀으로 축축이 젖었다. 그는 지금에서야 자신이 느끼고 있는 위기감이 무엇인지 깨달을 수 있었다.

정조를 잃을지도 모른다.

"잠깐……."

"만져만 볼 생각이란다, 다른 짓은 하지 않아."

"아니, 이게 대체 뭐 하는 짓……"

"나의 권속도 궁금해하더구나."

"뭘 궁금해한다는 거예요?"

"그 아이도 만져본 경험은 없고, 나도 인간의 몸은 익숙하지 않아. 이건…… 생각했던 것보다 훨씬 단단하구나."

손끝으로 복근을 훑던 재생의 뱀이 손바닥 전체로 백현의 배를 쓸었다. 백현은 몸서리를 치면서 엉덩이를 뒤로 끌었다.

그러자 재생의 뱀은 쿡쿡 웃으면서 왼손을 뻗어 백현의 가슴 위에 얹었다. 백현은 기겁하며 몸을 뒤틀었다. 힘으로 뿌리치고 싶었지만, 어디까지나 저 몸은 정수아의 것이었다.

"심연의 왕좌는."

재생의 뱀이 빙글 휘어진 눈으로 백현을 보며 입을 열었다.

"혼돈의 시조(始祖)라 할 수 있지. 실존하는지도 의문인 존재이나, 심연의 왕좌가 존재하기 시작했기에 혼돈계가 만들어진 것이야."

"그…… 래서요?"

"너는 우리 군주들이 뭔지도 모를 세계에 대뜸 들어올 정도로 어리석다 보느냐? 혼돈계는 심연의 왕좌가 탄생하며 만들어진 그의 거대한 영지란다. 애초에 심연의 왕좌를 지성과 자아를 갖춘 '신격'이라 할 수 있을지도 의문이다만."

재생의 뱀은 그렇게 중얼거리면서 백현의 가슴을 더듬었다.

"그는 존재한 순간부터 완전했으나, 지성과 자아를 가지고 있지는 않았단다. 혼돈…… 그래, 그는 그저 거대하고 끔찍한 혼돈의 집합이자 정수, 근원이었지."

"……당신들은 혼돈의 근원을 탐하여 어비스에 들어왔다고 했잖아요?"

"후후, 모든 군주가 탐한 것은 아니지만…… 유희를 즐기고자 한 나조차도 혼돈의 근원이 꽤 욕심이 났던 것은 사실이지. 하지만 우리가 탐한 혼돈의 근원은 심연의 왕좌가 아니었단다. 만약 그 존재가 혼돈계에 그대로 존재하고 있었더라면, 우리는 절대로 혼돈계에 들어오지 않았을 게야."

적어도 나는 말이다. 재생의 뱀은 주저 없이 그렇게 내뱉었다.

"오래전, 심연의 왕좌는 자신이 태어난 혼돈으로 회귀하였지. 지성과 자아를 갖추지 않은 혼돈의 집합이었던 그가 왜 그렇게 되었는지, 그것이 그가 직접 한 선택인지 아는 존재는 없을 게야."

"회귀라면…… 죽은 건 아니네요?"

백현은 그렇게 중얼거리며 재생의 뱀의 손등을 찰싹 때렸다. 가슴을 더듬던 그녀의 손을 얌전히 내버려 두었더니, 점차 노골적으로 변하였기 때문이다. 그 매몰찬 손길에 재생의 뱀은 백현을 향해 두 눈을 흘겼다.

"만지면 덧이라도 나는 게냐?"

"만지면 안 되죠."

"왜 안 되는 것이지? 네가 젖이 나오는 것도 아니잖으냐."

"기분도 나쁘고 보기에도 좀 그렇잖아요."

"참 까다롭고 비싸게 구는 녀석이구나. 이 세계를 살아가는 대부분의 인간들이 알지 못하는 이야기를 네게 해주고 있거늘, 너는 가슴팍에서 조금 튀어나온 것이 고작인 돌출부를 만지는 것도 하지 못하게 하는 게야?"

"쓸데없는 고집 부리지 마시고."

"그러면 가랑이의 돌출부는 만져도 되는 게냐?"

그 말에 백현은 정색하고서 재생의 뱀을 노려보았다. 시선에 담긴 진심을 읽은 재생의 뱀이 우후후 웃었다.

"내 욕구대로 행동하는 것은 이 약해 빠진 권속의 몸뚱이로는 무리이겠구나."

"그래서, 심연의 왕좌가 어쨌다는 건데요."

"네 말대로다. 죽은 것은 아니지……. 그는 태어난, 무한한 혼돈의 요람으로 회귀하였을 뿐이야. 왜 그렇게 된 것인지, 그것이 심연의 왕좌가 한 선택인지는 모른다. 하지만, 그 두려운 존재는 언제고 부활할 수 있단다."

재생의 뱀은 그렇게 말하며 백현의 두 눈을 빤히 들여 보았다. 백현은 그 부담스러운 시선을 피하지 않고 마주 보았다.

"그가 부활할 것을 어떻게 확신하는 거죠?"

"심연의 왕좌가 정말로 죽어 소멸한 것이라면, 그의 탄생과 함께 만들어진 혼돈계도 함께 사라졌어야 한다. 하지만 혼돈계는 아직 그대로 남아 있지 않으냐? 우후후, 단순히 남아 있는 것만이 아니지. 혼돈은 점점 끓어오르고 있고, 그것이 주기적으로 '구멍'을 통해 배출되고 있어. 그것이 무엇을 의미하는지 알겠느냐?"

"……몬스터?"

재생의 뱀이 웃으며 고개를 끄덕거렸다.

"혼돈에서 태어난 그들이 심연의 왕좌를 따르는 권속이고, 드넓은 혼돈계 전체가 그의 영지인 게야. 10년 전에 우리는 심연의 왕좌와 직면하는 것을 두려워했음에도 혼돈계에 들어왔단다. 그만큼 혼돈의 근원이 탐이 났기 때문이지."

"그 혼돈의 근원이라는 것을 손에 넣으면, 심연의 왕좌는 어떻게 되는 건데요?"

"혼돈의 근원을 차지한다는 것은 새로이 혼돈의 주인이 된다는 뜻이란다. 그건 심연의 왕좌에 필적…… 아니, 그 이상 가는 힘을 손에 넣는다는 뜻이기도 하지. 본래의 신격에 더해 새로운 힘을 얻을 수 있는 것이야."

"당신들은 폭주한 혼돈에 침식되는 것을 두려워하고 있으면서, 근원 자체는 손에 넣을 수 있다는 건가요?"

그 질문에 재생의 뱀이 큰 소리로 웃었다.

"침식은 우리의 신격을 타락시키는 것이고, 근원을 차지하는 것은 신격을 격상시키는 것이란다. 신격을 가진 존재라면 누구나 그를 손에 넣을 수 있지. 그렇기에 다들 탐을 내어 이곳에 온 것이야."

재생의 뱀은 그렇게 말하고서 백현의 몸을 더듬던 손을 떼었다.

"사도를 둔 군주들은, 아닌 척하면서도 모두가 그 근원을 탐내고 있는 게야. 그를 손에 넣어야 혼돈계를 떠날 수 있을 테니."

"그 뒤에는?"

"내가 그것을 어찌 알겠느냐마는……. 우후후, 근원을 손에 넣은 새로운 혼돈의 주인이 무엇을 바라느냐에 따라 달라지겠지. 얌전히 자신의 세상으로 돌아가기를 원한다면 실제로 그렇게 되겠지만, 과연 몇이나 되는 군주가 그렇게 행동할 것 같으냐?"

재생의 뱀은 실컷 더듬은 손을 아쉽다는 듯 쥐었다 펴며 백현의 몸을 훑어보았다.

"탐욕스러운 자들은 가진 것에 만족하지 못하고 혼돈계에 제 발로 들어왔단다. 유희꾼들은 살아오고 살아가야 할 영겁에 자극을 줄 것을 좇아 혼돈계에 들어왔지. 그들이 혼돈의 근원을 차지하고, 얌전히 물러날 것 같으냐? 우후, 우후후. 그럴

리가 없지, 그럴 리가 없어. 차라리 심연의 왕좌가 나았다. 그는 지성과 자아도 애매하였기에 탐욕스럽지도 유희를 좇지도 않았어. 그저 존재하기만 하였지."

"위선자들은?"

"오, 너는 그들이 말하는 절대선과 인류애가 정녕 사실이라 생각하는 게냐? 그래, 어쩌면 그럴지도 모르지. 하지만 아니라면 어쩔 테냐?"

재생의 뱀이 고개를 뒤로 젖히며 웃었다.

"그들이 무엇을 하고자 할지는 내 알 바가 아니다만. 누군가가 혼돈의 근원을 찾아 손에 넣던가, 파괴하던가……. 어느 쪽을 해내지 않고서는 이야기에 끝은 찾아오지 않을 게야. 아, 어쩌면 그렇게 되기 전에 심연의 왕좌가 눈을 뜰지도 모르겠구나."

백현은 싸늘한 눈으로 재생의 뱀을 노려보았다. 재생의 뱀은 그 시선에 히죽히죽 웃으면서 계속 말했다.

"그렇게 되면 정말…… 어찌 될지 알 수 없겠지. 어쩌면 모두가 혼돈에 물들어 타락해 버릴지도 모를 일이고……. 어쩌면…… 아무 일도 일어나지 않을지도 모르는 게야. 그런 일은 거의 일어나지 않겠지만 말이지……."

"……사도를 두지 않은 군주는, 혼돈의 근원에 욕심이 없는 건가요?"

"나는 나서서 욕심을 내고 싶지 않았단다."

재생의 뱀이 손가락을 들어 자기 자신을, 정수아의 몸뚱이를 가리켰다.

"사도로 삼을 정도의 가치 있는 녀석이 없기도 하였고. 아까도 말하였지만, 이 일이 아니었다면 이 아이를 오늘 예비 사도로 삼지도 않았을 게야."

"다른 군주들은?"

"너희가 파악한 것은 굉장히 한정되어 있지 않으냐? 사도를 두지 않았다 알려진 군주들이 사실은 사도를 두었을지도 모르는 일이지. 아니면 성에 차지 않았거나."

"템페스트는?"

"그 미치광이에게 꽤 관심이 있는 모양이구나? 흐으응…… 그 미치광이에 대해서는 그다지 해줄 말이 없구나."

미치광이?

재생의 뱀의 말을 들은 백현은 고개를 갸웃거렸다.

"10년 전의 혼돈계는 스물이나 되는 신격이 부딪쳐 얽히는 신화의 전장이었단다. 그때 특히나 포악했던 것이 바로 템페스트였지. 앞뒤 가리지 않고 전장을 떠돌던 혈사자조차도 템페스트가 날뛰는 곳은 피할 정도였으니 말이야."

"강했다는 거죠?"

"힘이라는 것은 상대적인 것이지만…… 강했단다."

"템페스트는 여자인가요?"

백현은 내심 궁금했던 것을 물었다. 그 질문에 재생의 뱀이 두 눈을 동그랗게 뜨고 백현을 바라보았다. 잠깐 말문이 막혀 뭐라 대답하지 못한 재생의 뱀은, 조금 뒤에 헛웃음을 흘리며 대답했다.

"……신격에 이른 존재에게 성별은 크게 의미가 있는 것은 아니다만……. 그 당시의 템페스트가 남성체였는지 여성체였는지는 나도 잘 모르겠구나. 몰아치는 거대한 폭풍에 성별을 붙여 구분하는 것은 우습지 않으냐?"

"대화를 나눈 적은 없어요?"

"왜 템페스트의 성별에 집착하는 것이냐? 말했을 텐데, 신격에 이른 존재에게 성별은 크게 의미가 있지 않다고. 우리에게 육신이라는 것은 결국……."

"그래도 좀, 느낌이라는 게 있잖아요."

"……굳이 말하자면 여성에 가까운 것 같기는 했지."

재생의 뱀이 고심 끝에 고개를 끄덕거렸다. 만족스러운 대답이었다. 템페스트의 성별이야 백현이 신경 쓸 바가 아니기는 했지만, 서민식의 입장에서는 남자에게 총애를 받는 것보다는 여자에게 총애를 받는 것이 나을 것 아닌가.

"이야기는 여기까지 해야겠구나."

재생의 뱀은 그렇게 중얼거리면서 쯥- 하고 아랫입술을 빨았다.

"힘을 끌어온 것도 아니고, 의식만을 잠시 빙의시킨 것뿐이거늘…… 역시 너무 일렀어. 충분히 더 무르익기를 기다렸어야 했는데."

"고마워요."

"방금 대화는 이 아이에게 함구하도록 해라. 벌써 알아서 좋을 것이 없는 이야기이니."

백현이 고개를 끄덕거리자, 재생의 뱀은 아쉬움이 듬뿍 담긴 눈으로 백현을 보았다. 특히 그녀의 눈은 백현의 복근에서 한동안 머물렀다.

"언젠가 기회가 된다면 나의 둥지에 찾아오거라."

재생의 뱀은 그렇게 말하며 백현의 얼굴을 지그시 바라보았다.

"너는 무척이나 마음에 드니, 내 둥지에 찾아온다면…… 친애에 마땅한 대접은 해주도록 하마."

"언젠가 기회가 된다면요."

"즐겁게 기다리도록 하마."

재생의 뱀이 정수아의 얼굴로 빙그레 웃었다. 그것이 마지막이었다. 정수아의 두 눈에서 녹색빛이 푹 꺼져 사라졌다.

백현은 휘청거리며 아래로 떨어지는 정수아의 머리가 테이블에 박기 전에, 손을 뻗어 받쳐주었다. 그녀의 몸에 들렸던 재생의 뱀의 기척은 사라졌지만, 정수아는 한참 동안 정신을 차리지 못했다. 백현은 정수아의 몸을 조심스레 바닥에 눕혀주었다.

"밥도 제대로 못 먹었네."

재생의 뱀이 갑자기 강림한 것까지는 큰 문제가 없었지만, 도중에 주방장에게 쏘아붙인 후로 스시가 들어오는 것이 뚝 끊겼다. 백현은 입맛을 쩝 다시며 몸을 일으켰다.

"다음은 없어요?"

문을 열고서 목소리를 냈다. 조금 시간이 흐른 뒤에 기운 없는 얼굴의 주방장이 스시를 접시에 담고서 문을 열었다. 그는 쓰러진 정수아를 보며 두 눈을 동그랗게 떴다.

"아니…… 수아 양이 왜……?"

"얘가 요즘 힘든 일이 많은가 봐요. 술에 취해서 헛소리한 거니까, 너무 마음에 담아두지 마세요."

"수아 양이 술에 취하다니……."

"헌터도 사람이니까 가끔 그럴 때도 있는 법이죠."

주방장은 납득할 수 없다는 표정이기는 했지만, 백현이 그렇다고 우겨대니 뭐라 더 말하지 못하고 물러갔다.

이후로 몇 접시의 스시가 더 나왔다. 그걸 모두 먹고 디저트까지 비우고 나니, 정수아가 신음 소리를 내며 눈을 떴다.

"아…… 으으……."

아찔한 두통이 정수아를 괴롭혔다. 그녀는 양손으로 머리를 부여잡고서 아픈 소리를 내었다. 두통뿐만이 아니었다. 몸이 물먹은 솜처럼 무겁고 탈력감도 심했다.

"일어났어?"

"무…… 무슨 일이 있었던 거예요……?"

정수아는 재생의 뱀이 자신의 몸에 강림하고서 벌인 일을 기억하지 못했다. 차라리 그것이 정수아에게는 다행이었다. 만약 재생의 뱀의 언동과 행동을 모두 기억했더라면, 정수아는 부끄러움을 견디지 못하고 자살해 버렸을 것이다.

"……음……."

백현은 잠시 고민하다가 대답했다.

"네 군주와 잠깐 얘기를 나눴어."

물론, 처음의 정수아는 그 말을 완전히 이해하지도 납득하지도 못했다. 하지만 이것 하나는 확실했다.

'아무것도 못 했잖아…….'

뭔가 대단한 것을 기대한 것은 아니었지만, 그래도 뭔가…… 아주 조금의, 친한 오빠 동생 사이에서 나눌 법한 스킨십이라던가. 정수아는 가슴 깊은 곳에서 올라오는 한숨을 참지 않고 내쉬었다.

[재생의 뱀이 만족합니다.]

'만족은 무슨…… 마주 앉아서 밥만 먹었는데…….'

2차로 술집이나 가자고 말하고 싶은 마음은 굴뚝같았지만, 몸이 워낙 안 좋으니 그럴 수도 없었다.

　결국, 그날.

　정수아는 백현의 배웅을 받으며 홀로 집으로 돌아갔다.

8장
재수가 없었다

혹라신장 유마는 자기 분수를 잘 알았다.

　그는 이기적이고 악독한 인물이었고, 자신보다 강한 자와 싸우는 것을 즐기지 않았다. 인간이었을 적부터 그랬다. 살인에 능했고 살인을 즐겼지만, 싸움을 즐기지는 않았다. 그는 강자보다는 약자와 싸우는 것이 좋았고, 유기나 제종과 같은 무에 대한 애정과 열망 따위는 갖지 않았다.

　그럼에도 유마는 강했다. 성격은 개차반이었지만 타고난 재능은 진짜였다. 천마신교 내에서 꽤 높은 지위를 가지고 있던 유마의 부친은, 아들의 재능을 알아보고 마땅한 무공서를 교주께 하사받아 유마가 익히게끔 도와주었다.

　'병신들.'

유마는 죽은 제종과 유기를 떠올렸다. 버러지, 쓰레기, 개새끼, 병신……. 유마는 죽은 그들을 씹어대며 얼굴을 구겼다.

천마신교에서부터 철혈궁까지, 그 긴 세월을 함께했다. 하지만 그 오랜 세월을 함께했다고 해서 유마와 그들 사이에 특별한 유대가 있는 것은 아니었다.

어쩌면 조금, 아주 조금은 있었을지도 모를 일이나, 유기와 제종이 죽고. 유마에게까지 차례가 돌아오게 되었다. 그렇다면 무능하기 짝이 없는 저 둘을 씹어대고, 개죽음이라 모욕하는 것이 유마에게는 당연한 일이었다.

유마는 개죽음을 당하고 싶은 마음 따위는 없었다. 기왕이면 저 뭔지도 모를, 인간이라고는 하는데 도무지 인간이라고 생각할 수 없는 괴물과 싸우는 것도 피하고 싶었지만. 그것까지는 유마가 선택할 수 있는 일이 아니었다.

그나마 다행인 것은, 유마가 혼자가 아니라는 것이었다.

유마는 가부좌를 틀고 앉은 연리운을 힐긋 쳐다보았다.

만약 무령이 인간으로 남았다면, 천마신교가 철혈궁이 되지 않았다면. 무령은 천마이자 신교의 교주로서 죽어 신으로 모셔졌을 것이고, 그의 아들인 연리운은 다음 대의 천마가 되어 신교의 정점에 섰을 것이다.

연리운은 그런 과거를 그리 상상하고 싶지 않았다. 해봐야 유쾌하지 않다는 것을 잘 알기도 했고, 이미 일어나 버린 일과 지나간 과거를 떠올리며 후회에 젖고 싶지도 않았다.

'점점 심해지고 있어.'

연리운은 감고 있던 눈을 반개했다. 일그러진 공간 너머로, 철혈궁 바깥의 풍경이 보였다. 연리운은 꿈틀거리는 거대한 힘들을 느꼈다. 하나…… 아니, 둘. 연리운의 눈썹이 파르르 떨렸다.

'사냥개들.'

두 명의 사도가 영지 내에 와 있었다.

연리운은 무거운 한숨을 내쉬었다. 높은 하늘에는 용성군의 사도가 소환수와 함께 날고 있었고, 거기서 멀지 않은 곳에 혈사자의 사도가 있었다.

'곤란하군.'

사신장 중 둘을 연달아 쓰러뜨린 백현이라는 인간만 해도 골치가 아픈데, 사도들까지 나타났다. 저들의 목적이야 물을 필요도 없이 명확했다. 10년 전부터 저들은 무령을 마음에 들어하지 않았다. 인간에서 사도(邪道)를 통해 신격이 된 무령과는 다르게, 용성군과 혈사자는 처음부터 초월적인 존재였다.

용왕(龍王)과 거인왕(巨人王).

태어났을 때부터 초월적인 힘을 가진 저 괴물들은, 단 한 번도 무령을 동등한 신격이라 여긴 적이 없었다.

쿠르르르릉!

닫힌 철문이 진동했다. 계단의 낮은 곳에 앉아 있던 유마가 손톱을 잘근잘근 씹었다. 불온한 의도를 가지고 침입한 사냥개들에게 무령이 분노하고 있었다.

"예."

연리운이 중얼거렸다. 그는 닫힌 철문을 돌아보며, 이미 미쳤고 더욱 미쳐가는 아비이자 군주에게 속삭이듯 말했다.

"알겠습니다."

연리운의 생각은 여전했다. 싸워서는 안 된다. 지금이라도 늦지 않았다.

하지만 이미 광기에 젖은 무령은 절대로 연리운의 말을 듣지 않을 것이다. 지금의 무령에게 남은 것은 출신에 대한 열등감과 믿고 따르던 것에 대한 배신감, 그 모든 것이 뭉쳐져 만들어진 아집뿐이었다. 그는 절대로 모욕을 감내하지 않는다. 무슨 수를 쓰든 간에 저들을 죽이려 할 것이다.

"명을 따르겠습니다."

그리고 연리운도, 유마도, 철혈궁의 모두도. 그를 거역할 수가 없었다.

"무령이 병신도 아니고, 이쯤이면 슬슬 위기감을 느끼지 않을까요."

발을 질질 끌며 걷던 진 웨이가 입을 열었다.

"사신장 중 둘이나 죽었어요, 둘이나. 이쯤 되면 무령도 싸울수록 자신이 손해라는 것을 알 겁니다."

"그건 당신의 희망 사항이잖아요."

"이성적으로 생각했을 때의 이야기죠. 무령은 당신의 힘을 얕잡아 봤어요. 처음에는 박준환으로 당신을 죽일 수 있을 거라고 생각했고, 그다음에는 금강신장으로, 그리고 그다음에는 금위신장으로…… 그쯤 되니 무리라는 것을 깨달은……"

진 웨이의 말이 멈췄다.

하늘에서 강기의 폭우가 쏟아졌다. 진 웨이는 주저 없이 공간도약을 펼쳐 공격 반경에서 벗어났다. 하지만 백현은 피하지 않았다.

화아악!

내공으로 만들어진 새카만 연잎들이 나타나 백현의 몸을 휘감았다. 무불마하신광의 방어절초인 만연비궁. 그 초식이 유기가 펼쳤을 때보다 더 빠르고 견고하게 펼쳐졌다.

콰르르릉!

만연비궁의 꽃잎들이 흔들렸다. 백현은 공격에 실린 위력에 적잖게 놀랐다. 이윽고, 하늘 위에서 두 개의 기척이 느껴졌다. 그들은 빠르게 하강하여 백현과의 거리를 좁혔다.

호법신장은 조심해라.

백현은 제종의 경고를 떠올렸다. 사신장 중 남은 것은 흑라신장과 호법신장 둘이다. 여태까지는 한 명씩 강림했는데, 설마둘이 함께 강림할 것이라고는 생각하지도 못했다. 접근해 오는둘 중 누가 호법신장인지에 대해서는 고민할 필요가 없었다.

'격이 달라도 너무 달라.'

제종의 경고를 이해할 수 있었다. 유기나 흑라신장은 말할것도 없고, 최후에 심검을 손에 넣은 제종과도 격이 다르다.

백현의 입가에 미소가 떠올랐다.

푸확!

만연비궁이 사라졌다. 백현은 즉시 양의무극회환으로 내공을 단전으로 돌리며 학살연무강을 온몸에 둘렀다. 그러곤 고개를 치켜들어 떨어져 내려오는 두 명을 보았다.

호법신장은 흰 얼굴에 붉은 눈, 귀 위에 자그마한 뿔이 돋아있었다. 그리고 흑라신장은 갈고리처럼 구부러진 검은 손톱과파충류와 닮은 얼굴을 하고 있었다.

흑라신장, 유마는 정말로 싸우고 싶지 않았다. 떠밀려서 나오기는 했지만, 목숨을 걸고 싸우는 것은 성미에도 맞지 않았을 뿐더러, 싸워 이길 자신도 없었다.

'그래도 연리운이 있으니까.'

3

유마는 그것을 위안으로 삼았다.

"가라."

연리운이 명령했다.

'빌어먹을.'

유마는 마음속으로 욕설을 내뱉으며 몸을 가속했다. 명왕 겁륜공(冥王劫倫攻)이 극성으로 운용되고, 넘실거리며 차오른 독기에 유마의 두 눈이 새카맣게 물들었다.

"통성명도 안 해?"

백현은 그렇게 내뱉으며 높이 뛰어올랐다.

떨어지던 유마와 백현이 공중에서 만났다. 유마는 즉시 독기에 휘감긴 손톱을 휘둘렀다. 그의 독기는 독왕의 극살독이나 귀면주의 여왕과 비교해도 손색이 없었다. 백현의 몸뚱이는 이미 만독불침에 가깝지만, 맞아 줄 생각은 없었다.

퍼벅!

빠르게 나눈 공방에 유마의 얼굴이 구겨졌다.

"뒈져!"

유마는 고함을 지르면서 빠르게 공세를 퍼부었다. 그의 손톱은 닿는 즉시 상대를 중독시키는 치명적인 독기를 품고 있었지만, 백현은 조금도 물러서지 않고 유마의 공격을 상대했다.

쭉 찌른 유마의 손톱이 허공을 찔렀다. 몸을 살짝 돌려 유마의 공격을 피한 백현, 그대로 거리를 좁혀가며 채찍처럼 휘두른 손등으로 유마의 가슴을 때렸다. 유마의 몸이 관절 없는 연체동물처럼 움직였다. 허공에서 몸을 꺾은 유마가 사방으로 독기를 흩뿌렸다. 독기가 시커먼 연기가 되어 백현을 덮쳤다. 백현의 몸을 휘감은 호신강기가 독기의 침투를 막았다. 유마는 백현의 표정이 조금도 변하지 않는 것을 보며 내뱉었다.

"만독불침이냐?"

"네 독이 약한 건 아니고?"

이죽거리는 대답에 유마의 뺨이 푸들거리며 떨렸다.

백현은 자기 자신이 진짜 만독불침이라고 단 한 번도 생각해 본 적이 없었지만, 유마는 제멋대로 백현을 만독불침이라고 확신했다.

[호법신장! 이 새끼 만독불침입니다!]

유마는 재빨리 전음을 보냈다. 하지만 연리운은 개입하지 않고 멀찍이 서서 유마와 백현의 접전을 지켜보고 있었다. 백현은 그런 연리운에게 힐긋 시선을 주며 유마에게 소곤거렸다.

"숨겨둔 한 수 같은 거 있으면 빨리 써."

"뭐⋯⋯?"

"실망하기 전에."

백현은 그렇게 말하면서 파천신화공을 더욱 끌어 올렸다. 백현에게서 느껴지는 기질이 더욱 포악해진 것을 느낀 유마의 표정이 돌변했다.

3

꽈앙!

백현이 내지른 주먹과 유마의 일장이 부딪혔다. 유마는 손바닥의 저릿함을 느끼면서 이를 악물었다. 유마의 전신 근육이 꿈틀거렸다. 독기를 살포하여 중독시킬 수 없다는 것을 확인한 이상, 공격법을 바꿔야만 했다. 기혈을 타고 흐른 독기가 유마의 전신으로 퍼졌다. 유마는 이를 악물고서 팔을 휘둘렀다.

꽈, 꽈앙!

아무런 기교도 없이 팔을 휘두른 것뿐이었으나, 그에 실린 괴력이 공간을 찢고 벽력음을 터뜨렸다.

받아내려 했던 백현의 몸이 힘에서 밀려 뒤로 쭉 밀려났다. 괴력만 두고 본다면 유기와 제종보다 몇 수는 위였다.

"쟤는 왜 구경만 하는 거야?"

백현은 멀리 있는 연리운을 두고 물었고, 유마는 대답 대신에 악을 쓰며 덤벼들었다.

명왕겁살(冥王劫殺)이 펼쳐졌다. 유마는 양손을 연거푸 휘둘러 허공을 찢었다. 삽시간에 백현의 눈앞이 참격으로 가득 찼다. 백현은 혀를 차며 양팔을 들었다.

오른팔은 매화요란. 왼팔은 흑암광풍.

두 개의 검기가 양팔로 펼쳐졌다. 명왕겁살을 찢어버린 참격이 유마를 위협했다. 유마의 전신이 시커멓게 물들었다.

꽈과광!

충격 직전에 솟구친 독기가 강기로 이루어진 참격을 통째로 녹여 버렸다.

'진짜 독인(毒人)이군.'

독을 다루는 무인에게는 별로 좋은 기억이 없다. 극살독을 다루던 독왕이나, 당가의 가주와 고수들. 백현에게 있어서 독은 상대하기도 까다롭고 아프기는 더럽게 아픈 놈이었다. 지금이야 만독불침에 가까워졌으니 유마의 독에 별 위협을 느끼지는 않았지만, 독을 쓴다는 것만으로 유마가 굉장히 마음에 들지 않았다.

결국, 그것이다.

유마는 재수가 없었다.

혹독하게 당했던 기억 때문이기도 했지만, 멀찍이 서서 구경하고 있는 연리운의 존재가 백현을 계속해서 자극했다. 도대체 무슨 생각으로 구경하고 있는 것인지는 모르겠다. 흑라신장을 써서 전력을 확인해 보려는 건가? 상관없었다.

포옹!

백현의 손바닥 위에서 자그마한 구슬이 솟구쳐 올랐다.

"천혼여명(天溷黎明)."

백현을 가학적으로 괴롭혔던 천상기린의 오의가 재현되었다. 손바닥 위로 떠오른 주먹만 한 구슬이 회전을 시작했다. 그건 유마도 처음 보는 것이었다. 심상찮음을 느낀 유마가 급히 달려들었지만, 이미 늦었다. 백현은 손바닥 위에서 회전하던 구슬을 유마를 향해 휙 던졌다.

천천히. 아주 천천히, 천혼여명의 구슬이 유마를 향해 날아왔다.

유마는 고함을 내지르며 독강을 쏘아 보냈다. 강기조차 녹여 버리는 독강이 천혼여명과 닿았다. 하지만 천혼여명은 독강에 녹지 않았다. 오히려 유마가 쏘아낸 독강이 천혼여명에 삼켜졌다.

쩌적, 쩌저적.

회전하는 구슬의 표면이 갈라지면서 파괴적인 힘이 흘러넘쳤다. 유마는 자신의 죽음을 어렵잖게 상상할 수 있었다.

"연리우우운!"

유마가 고함을 질렀다.

연리운은 그 외침을 두 귀로 들었고, 움직였다.

꽤 거리를 두어 관망하고 있던 연리운의 몸이 푹 꺼지듯 사라졌다. 그는 어느새 유마와 폭발 직전의 천혼여명 사이에 있었다. 극한으로 가속된 의식이 시간의 흐름 바깥에서 노닐었다. 백현은 그 느려진 세계에서 연리운의 움직임을 보았다. 연리운은 악을 쓰는 유마를 향해 손을 뻗었다.

투웅.

뿜어진 장력이 유마의 몸을 뒤로 쭉 밀어냈다. 그러면서 연리운은 반대쪽 손을 뻗어 폭발 직전의 천혼여명을 가로막았다.

"햐."

백현은 솔직하게 감탄을 터뜨렸다.

"여기까지군."

진 웨이는 쩝- 하고 입맛을 다셨다. 연거푸 펼친 공간도약으로 안전거리를 확보하고, 그렇게까지 했음에도 마음이 놓이질 않아 손가락에 끼운 신물, 어웨이크를 계속 만지작거렸다. 어떤 상황에서라도 자기 자신의 안전을 최우선으로 두기 위함이었다.

그럴 만한 상황이었다. 사신장 중 남은 둘이 한꺼번에 강림했다. 손톱이 긴 놈은 솔직히 제종보다 못해 보였는데, 문제는 당장 싸움을 벌이지 않고 관망하는 놈이었다. 이름까지는 알 수 없었지만, 놈은 하이로드가 경계할 정도의 힘을 가진 놈이었다.

'그 정도로 강합니까?'

[하이로드가 고개를 끄덕거립니다.]

진 웨이가 알지 못하는 10년 전의 어비스에서도, 하이로드는 적극적으로 다른 군주와 대적하지 않았다. 그의 목적은 어비스의 혼돈을 탐구하는 것이었지 다른 군주와 대적하여 사냥하는 것이 아니었다. 덕분에 하이로드는 철혈궁의 전력을 알지 못했고, 진 웨이가 이해할 만한 정보를 제공해 주지도 못하고 있었다.

'나는 어떻게 합니까?'

진 웨이는 진지한 표정으로 물었다.

'백현. 그가 강한 것은 인정하지만, 사신장 둘을 한꺼번에 상대하기는 벅찰 것 같아요. 이대로 가면 죽을 겁니다.'

[하이로드가 고민합니다.]

'내가 개입한다고 바뀔 만큼 상황이 만만하지도 않고요.'

생각해 보면, 여태까지 꽤 오랫동안 백현과 붙어 다녔다. 그렇다고 백현과 정이 들었냐고 묻는다면, 솔직히 그렇지는 않았다. 백현이 진 웨이를 동료로 여기지 않은 것처럼, 진 웨이도 백현을 동료로 여긴 적은 단 한 번도 없었다.

'이쯤에서 물러서는 것이……'

"개입하지 않을 건가?"

등 뒤에서 목소리가 들려왔다.

진 웨이는 움찔 몸을 떨며 확- 하고 고개를 돌렸다.

'이건 뭐 귀신도 아니고⋯⋯'

진 웨이는 꼴깍 침을 삼키며 라이 룽을 쳐다보았다. 그녀는 흑백의 슈트를 입고서 심드렁한 표정으로 서 있었다. 진 웨이는 라이 룽의 곁에 소환수(召喚獸)가 없다는 것을 깨달았지만, 그렇다고 안심하지는 않았다. 용성군의 권능은 영수(靈獸)나 요수(妖獸)를 소환하는 것이다.

하지만 사도인 라이 룽은 그 영역을 벗어나, 신화 급의 신수(神獸)나 마수(魔獸)까지 소환할 수 있었다. 뭘 소환할지 알 수 없다는 점에서 라이 룽은 껄끄러운 상대다.

"⋯⋯내가 왜 개입합니까?"

"꽤 붙어 다녔으니 정이라도 든 줄 알았지."

"안 들었습니다. 설사 들었다고 해도, 그깟 것에 목숨을 던질 생각은 없습니다."

진 웨이는 질색이라는 표정을 지으며 내뱉었다. 그 말에 라이 룽은 쯧- 하고 혀를 한 번 차더니 다시 질문했다.

"그건 네 뜻이냐, 아니면 네가 섬기는 하이로드의 뜻이냐?"

"그럼 당신은 어떻습니까?"

진 웨이가 따지듯 물었다. 라이 룽이 껄끄럽기는 했지만, 개인의 선택마저 비꼬는 그녀의 태도가 마음에 들지 않았다.

"당신은 대체 뭘 하려고 여기에 있는 겁니까?"

3

"난 고민 중이지."

라이 룽이 피식 웃으며 대답했다. 그녀는 가소롭다는 듯 진 웨이를 쳐다보다가, 그의 어깨너머를 보았다.

"뭘 하려고라…… 글쎄? 나는 뭘 해야 할까. 우선 상황을 봐 야지."

라이 룽은 그렇게 중얼거리면서 셔츠의 단추를 몇 개 풀었다.

"그 카르파고도 아직 움직이지 않았으니까 말이야."

"……카르파고? 그 새끼도 여기 와 있는 겁니까?"

"지금쯤 잔뜩 몸이 달아서 고민 중이겠지."

라이 룽은 그렇게 중얼거리면서 두 눈을 가늘게 떴다. 멀리 있는 백현과 유마, 연리운 중 라이 룽의 시선이 멈춘 곳은 연 리운이었다. 무령의 철혈궁과 충돌한 적이 없는 하이로드는 알지 못하겠지만, 용성군은 연리운의 힘을 잘 알고 있었다. 그 렇기에 라이 룽도 고민할 수밖에 없었다.

'여기서 죽을지도 몰라.'

만약 상황이 그렇게 된다면?

라이 룽의 눈썹이 찡그려졌다. 여기서 백현이 죽는 것은 라 이 룽과 용성군의 바람이 아니었다.

꽈아아앙!

천혼여명의 빛이 터진 순간에, 새빨간 장막이 천혼여명을 가로막았다. 하늘이 무너질 듯 크게 진동했다.

백현은 번쩍거리는 빛에도 눈을 감지 않고서 그 너머를 보았다. 무심한 표정의 연리운이 손을 펼치고 서서 천혼여명의 힘을 상쇄하는 것이 보였다.

"여, 연리운 님."

장력에 얻어맞아 밀쳐났던 유마가 떨리는 목소리로 연리운을 불렀다. 죽음을 예감하고서 악에 받쳐 이름 세 글자를 외쳤던 주제에, 지금의 유마는 연리운의 이름에 깍듯이 '님'자를 붙였다.

연리운은 그런 유마를 무시하고 백현을 쳐다보았다.

[그만둘 생각은 없나?]

백현의 머릿속에서 연리운의 목소리가 울려 퍼졌다. 생각지도 못한 의외의 말이었다.

"뭐?"

[이쯤에서 그만두자는 말이다. 네가 여기서 물러선다면 모든 것이 깔끔하게 끝난다.]

연리운은 고요한 눈으로 백현을 응시하며 말했다. 그 시선을 마주하며 백현은 턱을 긁적거렸다.

[이상한 놈이네. 날 먼저 죽이려고 한 건 무령이야.]

[그건…… 유감스러운 일이었지.]

연리운이 작게 한숨을 내쉬었다.

[네 성에 찰지는 의문이나, 바란다면 내가 대신 사과하마.]

[네가 뭔데?]

[철혈궁의 호법신장. 철혈궁의 2인자. 예전, 철혈궁이 천마신교였을 적에 무령의 아들이 바로 나였다. 이것으로는 자격이 부족한가?]

연리운이 무덤덤하게 자신을 소개했고, 그것을 들은 백현은 제법 놀랐다. 철혈궁의 2인자라는 것은 별로 놀랍지 않았지만, 무령의 아들이라고?

[더 이해가 안 돼. 무령은 나를 죽이고 싶어 안달이 났을 텐데, 넌 여기서 그만두자고?]

[그분의 뜻이 철혈궁의 뜻인 것은 아니지.]

[아냐.]

백현은 고개를 가로저었다.

[이미 여기까지 와버렸잖아. 돌아가기에는 너무 멀리 와버렸지. 널 떠나서 무령을 믿을 수가 없어.]

역시 그렇겠지.

연리운은 쓸쓸한 미소를 지었다. 연리운이 백현의 입장이되었어도, 여기서 물러서지는 않을 것이다. 상대는 수많은 인간을 권속으로 두고 있는 군주다. 이대로 시간이 지난다면 무

재수가 없었다 223

령은 또다시 인간 중 하나를 예비 사도로 삼을 것이고, 광기에 점철된 무령은 백현에게 받은 모욕을 절대 잊지 않을 것이다.

또 저 정도의 힘…… 아니, 그 힘을 떠나서.

[그리고 너랑 싸우고 싶어.]

다른 걸 떠나서, 백현의 진심은 결국 그것이었다.

스승이 무광(武狂)이라 말한 성정은 백현으로 하여금 물러선다는 선택지를 완전히 배제시켰다. 백현이 특히나 유별난 것이기도 했지만, 어찌 보면 그것은 무도를 걷는 자의 본질과도 같았다.

더 강한 자와 싸우고 싶다. 강자를 쓰러뜨리며 내 힘을 증명하고 싶다…….

연리운은 내린 손을 쥐었다 폈다.

"……우선 고맙다고 말하고 싶군."

아무것도 느껴지지 않던 연리운의 기질이 천천히 바뀌어 갔다. 유기처럼 고요하면서 묵직하지도 않았고, 제종처럼 흉험하면서 예리하지도, 유마처럼 불길하면서 끈적하지도 않았다. 연리운이 내비치는 기질은 무쌍한 패왕의 기질이었다.

"너는 유기와 제종을 죽인 원수이나, 어찌 보면 그들이 바라던 최고의 죽음을 내려준 은인이기도 해."

천마신공(天魔神功)이 운용되었다. 무림제일이라 일컬어지던 최강의 신공이 연리운의 몸을 진동시켰다.

3

쿠르르릉!

연리운의 존재감이 하늘을 장악했다. 백현은 피부가 저릿거리는 것을 느끼면서 웃음을 참지 않았다.

"유기와 제종은 나의 수하이자 오랜 벗이었다. 내가 아주 어렸을 적부터…… 둘은 나를 보필하며, 나에게 많은 것들을 알려주었지."

"원수라 생각하지는 않나?"

"은인이라 생각한다 했을 텐데. 적어도 제종에게 있어서 철혈궁의 삶은 무간(無間)의 지옥과도 같은 것이었으니."

"너도 무에 환멸을 느꼈나?"

그 질문에 연리운의 입가에 얇은 미소가 떠올랐다.

"그런 미혹은 오래전에 떨쳐냈지."

우웅.

연리운의 전신이 붉은 호신강기에 휘감겼다. 그것만으로 하늘이 진동했다.

백현은 주먹을 꽉 쥐었다. 아직 직접 충돌하지 않았으나, 직감은 의심의 여지 없이 확실했다. 연리운은 천하오인인 혈승보다, 검황보다, 투전마라보다, 천상기린보다 강했다.

백현이 마지막으로 싸웠던 스승인 마흔 살의 무신마 주한오보다도 강했다.

놀랄 일은 아니었다. 그들이 무신마 주한오가 살았던 무림의 천하제일에 가까운 고수들이었듯이, 연리운은 그가 살았던 무림에서 압도적으로 강했던 천마신교의 소교주였다. 그 세계에서 절대적인 위력을 가진 신공절학인 천마신공을 극성으로 익힌 존재기도 했고, 어린 시절부터 무수히 많은 영약을 받아먹고 신교의 내로라하는 고수들에게 지도를 받아 만들어진 절대 고수였다.

타고난 재능과 환경의 보조. 거기에 사도를 통해 초월의 길을 걸으며 그만한 힘을 갖추었으니, 그의 힘은 인간의 영역을 한참을 벗어나 초월 너머를 웃돌고 있었다.

"너는 둘의 은인이니."

연리운의 발이 앞으로 천천히 뻗어졌다.

"나도 예를 갖추도록 하지."

천마군림보(天魔君臨步).

쿠우웅!

연리운이 한 걸음 걷자 거대한 패력이 공간을 찍어 눌렀다.

꽈아앙!

저 아래의 지면이 통째로 짓눌렸다. 머리 위에서 눌러대는 어마어마한 압력이 백현을 덮쳤다. 천마군림보의 첫걸음, 어디까지나 시작이다. 군림은 한 걸음으로 끝나지 않는다. 두 번째 걸음부터 공간 전체가 연리운의 지배하에 놓였다.

백현은 공간이 '비틀리며' 자신을 붙잡으려 드는 것을 보며 감탄성을 터뜨렸다.

삼계유행. 불필요한 합장 자세를 빼버리고, 천상기린의 보법인 유회일탈과 합일시켰다. 그렇게 만든 보법, 삼계유희(三界遊戲)가 펼쳐졌다.

쒸이잉!

시커먼 빛에 휘감긴 백현의 몸이 천마군림보의 공간 지배에서 벗어났다.

'만연비궁에 삼계유행…… 원전이 우스이 여겨질 정도로구나.'

백현이 펼친 삼계유희를 알아본 연리운은, 거듭해서 천마군림보를 펼치며 백현을 따라잡았다.

그러자 백현이 기다렸다는 듯 역으로 연리운에게 돌격했다. 그는 이미 파천신화공을 극성으로 운용하며 전신에 학살무도강을 휘감고 있었다.

꽈아앙!

백현이 내지른 주먹과 연리운의 일장이 충돌했다. 금강괴폐로 때려 갈긴 일권이었지만 연리운의 일장은 조금도 밀리지 않았다.

백현은 닿은 주먹이 저릿거리는 것을 즐겁게 여기며 주먹을 떼었다. 그 순간에 연리운이 반대쪽 손을 수도로 하여 찔렀다. 서로가 인식하는 시간이 현실에서 아득히 벗어났다.

백현은 연리운의 수도 아래로 왼손을 쳐올리며 놈의 손목을 잡으려 들었다. 백현이 연리운의 손목을 잡기 전에, 연리운이 손목을 꺾어 백현의 팔뚝을 잡았다. 서로의 팔뚝을 잡은 꼴이었다.

'어쭈.'

백현은 연리운의 팔뚝을 단단히 잡고 반대쪽 주먹을 휘둘러 연리운의 머리를 때렸다. 주먹과 주먹이 바로 닿는 거리다. 하지만 연리운은 표정 하나 바뀌지 않고 머리만 살짝 움직여 백현의 주먹을 피했다.

그럴 줄 알았다. 백현은 뻗은 팔을 꺾어, 낫처럼 연리운의 뒷목을 휘감았다. 그러자 연리운이 상체를 젖히며 무릎을 쳐올렸다. 백현도 급히 무릎을 올려쳤다.

쫘앙!

서로의 무릎이 맞부딪쳤다. 그 충격에 서로가 잡은 손을 놓았다. 뒤로 물러서며 백현은 양팔을 검강으로 휘감고 매화요란과 매화만화를 펼쳤으나, 연리운은 너무 쉽게 그것을 가로막았다.

백현은 히죽 웃으며 내공을 끌어 올렸다. 고양된 정신이 찌릿거리며 내공이 쭈욱 빠져나갔다.

화아아악!

백현의 주변에 수백 자루의 무형검이 나타났다. 검황의 일검 평천하다.

"패검(覇劍)."

수백의 무형검을 통해 수백의 검식이 펼쳐졌다. 덮쳐오는 참격을 보는 연리운의 입가에 잔잔한 미소가 떠올랐다. 그는 철혈궁에서 이 검식을 보았다.

심검을 손에 쥔 제종이, 어떤 기분과 어떤 표정을 지으며 이에 맞섰는지도 알고 있었다. 연리운의 양손이 붉은빛으로 물들었다. 양팔을 들었다.

천마광연무(天魔狂宴舞).

연리운이 팔을 천천히 흔들며 너울너울 춤을 추었다. 느릿하게 시작된 춤사위가 파괴적인 몸짓이 되었다.

꽈아아앙!

연리운이 움직일 때마다 하늘을 수놓은 붉은빛이 일검평천하의 검식과 충돌했다.

"쾌검(快劍)."

검식이 바뀌었다. 수백의 무형검이 여태까지와는 전혀 다르게 움직였다. 수백의 무형검이 극쾌를 담아 연리운을 난도질하려 했다. 연리운의 천마광연무는 멈추지 않았다. 수백의 무형검으로 펼친 쾌검이 연리운의 손짓에 무너져 내렸다.

'맙소사.'

이런 경험은 처음이었다.

파천신화공을 극성으로 운용하며 일검평천하를 펼쳤는데, 그것이 너무 쉽게 막힌다!

백현은 초조함과 불안감이 아닌, 극상의 흥분과 쾌감을 느꼈다. 그가 간절히 바라던 것이 지금에야 일어난 것이다.

콰아아앙!

무형검이 모조리 박살 났다. 연리운이 박살 낸 것이 아니다. 백현이 박살 내고자 했다. 무형검이 박살 나며 흩어진 강기의 파편들이 사방에 뿌려졌다.

백현은 새빨갛게 물든 눈을 번뜩거리며 크게 웃음을 터뜨렸다. 그는 비산한 강기의 파편을 양의무극회환을 통해 내공으로 돌렸다.

'진짜야.'

가슴이 미친 듯이 뛰었다. 백현은 들뜬 흥분을 즐기며 주먹을 꽉 쥐었다.

9장
잘나서

연리운이 고개를 돌려 심유한 눈으로 백현을 응시했다. 그는 흩어진 강기의 파편이 백현에게 되돌아가는 것을 보며 두 눈을 빛냈다. 백현이 사용하는 무공은 긴 세월 무공을 익혀온 연리운으로서도 놀라움을 느낄 정도였다.

'너무 많아.'

난잡스러울 정도다. 한 명의 인간. 아무리 오랜 시간을 살았다 해봐야, 필멸의 굴레를 벗지 못한 인간이 살아갈 수 있는 시간은 일이백 년에 지나지 않는다.

그 모든 시간을 무도에 쏟아부었다고 해도 저만한 성취를 이룰 수 있을까. 그것도 하나의 무공만을 익힌 것이 아니다. 대체 몇 개의 무공을 익힌 것인지 파악이 되지 않는다.

근접 격투만 해도 최고 수준인데, 거기에 최상승의 검식까지 맨손으로 펼쳐댄다. 쓸 줄 아는 보법의 종류도 다양하고, 정말 놀라운 것은 기공의 조예다. 외공만 우직하게 파고든 것이 아닌 이상, 무공을 익힌다면 자연스럽게 체술에 기공을 접목시키는 수순으로 가게 된다. 그렇다면 당연히 기공에 자신의 취향, 혹은 익힌 무공의 방향성이 반영된다.

'중구난방이군.'

백현의 사정을 모르는 연리운으로서는 놀라움을 느끼는 것이 당연했다. 만약 사정을 알았다면 더 크게 놀랐을 것이다. 똑같은 무공을 익힌 것도 아닐뿐더러, 구결을 파악한 것도 아니다. 단순히 보고, 몸으로 겪어가며 따라 했다. 아니, 따라 한 수준이 아니라 원전을 보완하여 더욱 완벽하게 펼쳐냈다.

'그렇기에 무의 총애인가……'

사정을 모른다고 해도, 저렇게 다양한 무공을 완벽한 수준으로 펼쳐내는 것은 안다. 그렇다면 무의 총애를 자부할 만도 했다.

연리운은 무령이 되어버린 아버지를 떠올렸다. 굳게 닫힌 철문의 안쪽에서, 혼돈이 들끓는 왕좌에 웅크려 광기에 절어가는 아버지를. 연리운은 씁쓸한 기분을 느끼면서 손을 들어 올렸다.

쿠르르르르!

3

천마신공, 패왕의 힘이 연리운의 몸에서 넘실거렸다.

혈사자와 용성군의 사도는 아직 개입하지 않았다. 그들이 대체 무엇을 바라는지는 알 수 없었으나, 그들의 침묵은 연리운에게 있어서 큰 기회였다. 그들이 개입하기 전에 이 상황을 끝내고 철혈궁으로 돌아가야 한다. 철혈궁을 직접적으로 모욕한 저 인간을 죽이고 돌아간다면, 무령의 광증도 조금은 잦아들지도 모른다.

'차라리 완전히 미쳤다면.'

그건 생각해선 안 될 패륜이었다.

연리운은 공중을 발로 밟았다. 천마군림보에 찍혀 눌린 공간이 일그러지며 접혔다. 연리운은 접혀진 공간을 한걸음에 뛰어 단숨에 백현과의 거리를 좁혔다. 공간이 접힌 덕에 백현의 몸이 연리운 쪽으로 당겨졌다. 그것은 이미 인간이 펼칠 수 있는 무공의 영역을 아득히 초월한 기사였다.

백현은 좁혀지는 거리에 당황하지 않고 연리운을 직시했다. 그리고, 연리운을 향해 꽉 쥔 주먹을 던졌다.

연리운이 내지른 일장이 백현의 주먹을 받아냈다. 서로의 피륙이 닿기 전에 천마강기와 학살무도강이 충돌하여 크게 출렁거렸다. 그것만으로 하늘이 쩌렁쩌렁 울리고 사방으로 힘의 파장이 퍼져 나갔다. 감히 끼어들지 못하고 멀찍이서 구경하고 있던 유마가 욕지기를 내뱉었다.

연리운이 허리를 비틀어 발을 휘둘렀다. 백현은 조금 뒤로 물러서며 손가락을 튕겼다. 수십 개의 강기 구슬이 사방으로 쏘아졌다. 조련유린의 빛이 연리운을 덮쳤다. 공격보다는 그의 행동을 제약하기 위함이었지만, 그것만으로는 무리였다. 천마강기가 부풀어 올라 붉은 폭풍이 되었다. 폭풍이 한 번 몰아치자 조련유린의 구슬이 모조리 폭사했다. 그것으로도 끝나지 않고, 강기의 폭풍이 백현을 덮쳤다.

구부러진 손가락 사이에서 어둠이 들끓었다. 백현은 텅 비어 있는 공간을 쥐어뜯으며 휘둘렀고, 멸원광도의 어둠이 폭사해 연리운의 폭풍과 충돌하여 상쇄되었다.

좌라라락!

연리운을 중심으로 수백 가닥의 붉은 강기가 휘몰아쳤다. 연리운이 손을 뻗자, 그것 모두가 공격이 되어 백현을 향해 쏘아졌다.

'멋져.'

내공 쪽에서는 상대가 안 된다. 양의무극회환으로 즉시 내공을 돌렸다. 백현의 손을 떠난 새카만 구슬이 크게 부풀어 올랐다.

천상기린의 유아백탈.

커다랗게 변한 구슬에서 수백 가닥의 송곳이 쏘아졌다. 연리운의 강기와 유아백탈의 강기가 충돌했다. 백현은 삼계유희를 펼쳐 부딪치는 강기와 강기 사이를 관통했다. 그 순간에 백현의 몸이 유령귀곡무를 통해 무수히 많은 분신을 만들었다. 연리운을 향해 달려 나간 분신이 인영잔해로 폭사하며 그의 시야를 어지럽혔고, 백현은 무아신형으로 그의 사각으로 파고들었다. 금강괴폐의 일권이 연리운의 방어를 때려 갈겼다.

그 순간이었다. 연리운이 천천히 뻗은 손이 백현의 주먹과 닿았다.

쩌엉!

위력이 전해지기도 전에 주먹의 방향이 바뀌었다. 말도 안 되는 수준의 유권이었다.

"천마유혼(天魔遊魂)."

어느새 들려 있던 연리운의 양손이 권법을 펼쳤다.

느리게…… 아니, 빠르다. 보인다 싶었는데 보이지 않았다.

백현은 급히 양팔을 들었다.

꽈과광!

호신강기가 증발하고 백현의 몸이 뒤로 쭉 밀려났다. 한순간에 몇 번의 타격이 들어왔는지를 셀 수가 없었다. 연리운은 천마군림보를 펼쳐 밀려나는 백현을 추격했다. 공간 전체가 백현의 몸을 붙들었다. 백현의 입꼬리가 비틀려 올라갔다.

"하하!"

백현은 방어를 그만두고 양손을 들었다. 그의 머릿속에서 무수히 많은 전투의 기억이 스쳐 지나갔다. 아니, 이 기억들은 필요 없다. 여태까지의 기억들은 도움이 안 된다.

지금의 그를 있게 만든 모든 이들이 연리운보다 약한데, 그때의 기억을 떠올리는 것이 무슨 소용이 있단 말인가?

백현은 두 눈을 부릅뜨고서 앞으로 뛰어들었다. 그는 연리운이 펼치는 천마유혼의 권을 놓치지 않고 주먹을 내질렀다.

퐈, 퐈앙!

주먹과 주먹이 얽히며 부딪쳤다. 짧은 순간에 수백 번의 타격이 오갔다. 그중 처음 몇 번, 연리운의 주먹이 백현의 몸을 타격했다. 하지만 그 이후에는 타격하지 못했다. 그 짧은 사이에 백현은 천마유혼의 권로를 파악하고 대응하는 것에 성공했다.

연리운의 눈썹이 씰룩거렸다. 일순간 권로가 돌변했다. 파악해 대응한 만큼의 변수가 추가되었다. 그것을 예상했다는 듯이, 백현의 몸이 갑자기 아래로 휙 떨어졌다.

빠르게 천근추를 펼쳐 아래로 추락한 백현은, 허리를 크게 비튼 뒤에 반동 삼아 양팔을 휘둘렀다. 양팔을 뒤덮고 있던 검강이 길게 뻗어지며 연검처럼 낭창거렸다. 흑풍괴마의 흑암광풍과 광풍무곡이 동시에 펼쳐졌다.

변(變)과 환(幻)의 극한을 추구하는 검기가 연리운에게 쇄도했다. 빠르게 쇄도하는 참격을 보며 연리운이 손목을 몇 바퀴

3

돌렸다.

키이잉!

그의 손바닥 위에서 붉은 원반이 크게 확장되었다. 손을 떠난 원반은 거대한 장막이 되어 흑암광풍과 광풍무곡의 참격을 가로막았다. 천혼여명을 가로막았던 그 공격이었다. 그보다 위력이 덜한 검식으로 뚫을 리가 만무했다.

그렇다면 이건 어떨까.

백현은 공간에 흩어진 내공을 회수하며 양손을 모았다.

지옥혈잔화(地獄血殘花).

무신마에게 패배하기 전, 천하제일이라 불리던 혈승(血僧)의 절기다. 떠받치듯 모은 양손 위에 검은 강기가 가득 채워졌다.

파츠츠츠!

손바닥을 채운 강기가 셀 수 없이 많은 꽃잎이 되어, 손 위를 떠나 사방으로 떠돌았다. 어느새 하늘이 강기의 꽃잎으로 가득 찼다.

"화유(花遊)."

화아아악!

하늘을 가득 채운 꽃잎들이 연리운 쪽으로 날았다. 호신강기를 끌어 올린 연리운이 높이 뛰어올랐다. 하지만 피하기에는 꽃잎들이 너무 많았다.

콰아앙!

연리운의 몸이 허공에서 꺾였다. 그는 두 눈을 찡그리면서 연달아 장력을 쏘아냈다. 하지만 장력과 충돌하기 전에 꽃잎이 흩어지고, 다시 뭉쳐 연리운의 몸을 휘감았다.

"쯧."

빠져나갈 틈이 없었다. 연리운은 작게 혀를 차면서 양팔을 들어 올렸다.

쿠르릉……!

극한으로 응축된 천마강기가 연리운의 몸 전체를 휘감았다.

천마광명세(天魔光明世).

번쩍!

빛이 터지며 연리운을 휘감고 있던 지옥혈잔화가 모조리 지워졌다. 지옥혈잔화뿐만이 아니었다. 땅과 하늘, 그 모든 것이 연리운이 터뜨린 빛에 침식되었다. 엄청난 위력이었다.

설마 한 번에 지옥혈잔화를 모조리 지워 버릴 줄이야!

백현은 아직도 사라지지 않은 빛에 밀려나면서도 큰 소리로 웃었다.

'다 썼어.'

혈승의 지옥혈잔화. 검황의 일검평천하. 투전마라의 학살연무강과 구천멸살, 멸원광도. 천상기린의 유아백탈, 조련유린, 천혼여명. 권성의 금강괴폐. 신풍랑의 풍신천주와 낭아천섬. 매화검선의 매화요란, 매화만화. 흑풍괴마의 흑암광풍, 광풍무곡.

다 사용했다.

천하이십대 고수 중 여덟의 절기를 사용했다. 다른 열둘은 굳이 배울 것도 없었고, 저것들만도 못했다. 태극선의 유화태극무한은 연리운 정도의 고수에게는 아예 사용하는 것이 불가능하다.

'그게 전부는 아니지만.'

파천, 흑운, 쇄혼. 그 세 개는 아직 사용하지 않았다. 백현은 지금의 상황과 아직 쓰러지지 않고 건재한 연리운에게 감사를 느꼈다.

빛이 잦아들었다. 이만한 현상을 일으켰으면서도 연리운은 조금도 지친 기색이 보이지 않았다.

허세가 아니라 실제로 그랬다. 그의 내공은 끝이 없다 할 정도로 고강했다. 싸우면서 큰 공격에 노출된 적도 없던 데다, 필멸의 굴레를 벗어 그가 얻은 육체는 철혈궁에서 무령 다음으로 강건했다.

"놀랍군."

연리운이 입을 열었다.

"이미 많이 들은 말이겠지만, 정말 놀라워. 어떻게 인간의 몸으로 이 정도의 무를 손에 넣을 수가 있지?"

"잘나서?"

백현의 대답에 연리운이 웃음을 터뜨렸다.

"이제는 오만하다 할 수도 없겠구나. 그래, 네 말이 맞다. 잘나지 않고서야 이런 힘을 쌓을 수 있을 리가 만무하지. 하지만…… 그래서 안타까운 것이다."

"뭐가 안타깝다는 거야?"

"네가 여기서 죽는다는 것이."

연리운은 쓸쓸한 미소를 지으며 백현을 바라보았다.

[너라면…… 사도를 택하지 않고, 자력으로 필멸의 굴레를 벗어 인간을 초월할 수 있을지도 모른다. 아니, 반드시 그러겠지.]

연리운은 진심으로 안타까움을 느끼고 있었다.

[아직 늦지 않았다. 지금이라도 도망쳐라. 맹세컨대 절대로……]

[도망치라고?]

백현은 어이가 없어서 웃음을 터뜨렸다.

"내가 왜?"

백현은 전음을 그만두고, 목소리로 내뱉었다.

"이렇게 재미있는데?"

여태까지 몇 번, 오성에 이른 파천신화공을 극성으로 펼친 적이 있었다. 박준환의 몸에 무령이 강림했을 때. 그때도 파천신화공을 극성으로 운용하기는 했지만, 박준환이 오래 버티지 못한 덕에 제대로 힘을 쓰지도 못했다.

그다음에 파천신화공을 극성으로 펼쳤던 것은 제종을 죽였을 때다. 사실 그럴 필요까지는 없었지만, 백현은 제종을 무인으로서 인정했고, 그가 만족할 만한 죽음을 내려주고 싶었다.

"내가 이런 날을 얼마나 바라왔는지 알아?"

파천신화공을 극성으로 펼치는 것과 전력을 다해 싸우는 것은 다르다. 연리운과 싸우기 위해서는 정말로 전력을 다해야만 했다. 그것을 마음먹었을 때, 백현은 자신이 가진 힘의 끝을 아직 제대로 보지 못했음을 자각했다.

아니, 파악이나 했을까. 나는 대체 얼마나 강한 걸까. 내 힘은 정확히 어느 정도일까. 마지막으로 전력을 다해본 적이 언제였지? 마흔 살의 스승을 쓰러뜨렸을 때? 천하오인을 쓰러뜨렸을 때?

'그리고 지금.'

백현의 두 눈이 핏빛으로 물들었다.

"넌 날 죽여야 돼."

새카만 어둠이 백현의 몸을 휘감았다. 연리운은 그 모습을 보며 긴 한숨을 내쉬었다.

"너도 미쳤구나."

그 말도 참 많이 들었던 말이었다. 백현은 하얀 이를 드러내며 히죽 웃었다.

연리운은 오싹한 광기를 느끼며 주먹을 쥐었다. 저건 무령의 심신을 침식해 가는 것과는 전혀 다른 종류의 광기였다. 같은 무인이었기에 이해할 수 있었지만, 그렇다고 해서 공감하여 함께 어울리고 싶지는 않았다. 연리운은 무인이기 전에 철혈궁의 2인자였다. 광기에 물든 무령을 대신하여 철혈궁을 책임져야 할 것이 바로 연리운이었다.

'아아…….'

그것에 연리운은 진심으로 안타까움을 느꼈다. 그는 먼저 죽은 유기와 제종을 부럽다 여겼다. 심지어 지금 이곳에서, 감히 싸움에 끼어들지 못하고 멀찍이서 제 목숨만 부지하기 위해 숨을 죽이고 있는 유마마저도 부럽다고 생각했다.

유마가 죽는다고 해서 철혈궁이 무너지는 것은 아니다. 하지만 연리운은 절대로 죽어서는 안 된다. 절대로 죽을 수가 없다. 무령이 멀쩡하다면 이 목숨을 바라는 곳에 사용할 수 있겠지만…… 지금은 절대로, 절대로 죽을 수가 없었다.

'부럽구나.'

즐거운 광기에 바라는 대로 몸을 던질 수 있다는 것이.

광기에 심신을 불사를 수 없다. 그렇기에 이성적으로 판단해야 했다. 연리운은 백현의 전력을 나름대로 판단했다.

연리운이 백현과 비교해서 압도적으로 우월한 이점은, 그가 인간이 아니라는 것이다. 인간의 몸뚱이에는 한계가 있을 수밖에 없다. 만약 백현이 어떤 군주와 계약한 사도라면 모를 일이지만, 백현은 순수한 인간이었다. 그렇기에 한계는 명확하다.

특히 '내공'은 어쩔 수가 없다. 아무리 영약을 퍼먹어 내공을 증진시켰다고 해도, 인간의 내공은 절대로 무한할 수가 없다. 재생력도 마찬가지다. 내가기공의 고수는 내공을 통해 신체의 재생력을 촉진시켜 상처를 빠르게 치유하는 것이 가능하지만, 인간의 몸뚱이는 그것에도 한계가 있다.

'기묘한 수법으로 내공을 되돌려 사용하고 있긴 하지만. 그것은 오히려 내공의 총량이 그리 많지 않다는 것을 알려주는 꼴이지.'

그런 생각을 하는 중에 백현의 모습이 사라졌다.

연리운은 당황하지 않고 기감을 활짝 열었다. 끝없는 내공이 퍼져 나가 공간 전체를 감지했다. 두 눈으로는 보이지 않았지만, 연리운은 백현이 어디서 어떻게 움직이는지 느낄 수 있었다.

'기공을 그만두었다? 체술로 이점을 보기에는 힘들 텐데.'

연리운의 양팔이 들렸다. 천마광연무의 춤이 시작되었다. 휘몰아치는 빛이 백현의 접근을 가로막았다.

'뭐.'

어쩌라는 거냐.

사고가 불가능한 초고속의 세계. 거기서 백현은 확실하게 사고하고 있었다. 움직임만큼 의식이 가속된 덕분이었다. 그만큼 연리운의 움직임이 느리게 보였다. 그건 연리운도 마찬가지일 것이다. 앞을 가로막는 붉은빛을 향해 손을 뻗었다.

쇄혼(碎魂).

백현은 머릿속에서 그 두 글자가 떠올랐다. 극성으로 운용된 파천신화공이 백현의 몸 안을 뜨겁게 달구었다. 단전에서 뿜어져 나온 내공이 심장을 터질 듯 뛰게 하였다.

혼을 부순다.

'어쩌면 나도.'

양날의 검이라지만 무슨 상관인가? 이쪽이 베이기 전에 상대를 베어 죽여 버리면 되는 것인데.

뚜둑, 뚜두둑!

앞으로 뻗은 백현의 손에서 뼈가 울리는 소리가 났다.

빠지지직!

천마광연무의 빛이 손에 잡혀서 갈기갈기 찢겼다. 연리운의 표정이 돌변했다. 그는 몸을 뒤로 빼며 일장을 내질렀다. 근접 거리에서 쏘아진 장력이 백현의 정면을 가득 채웠다.

이번에도 백현은 피하지 않았다. 그는 쥐고 있던 주먹을 가속하는 속도와 함께 앞으로 던졌다.

푸확!

연리운의 장력이 주먹에 얻어맞아 터졌다. 그사이에 연리운은 천혼여명을 가로막았던 장막을 펼쳤지만, 백현이 다른 주먹을 휘둘러 그 장막마저 박살 내버렸다. 연리운의 두 눈이 크게 떠졌다.

쫘앙!

백현의 주먹이 연리운의 호신강기를 때려 갈겼다. 연리운의 몸이 크게 휘청거리면서 뒤로 밀려났다.

그 순간에 백현의 손이 뻗어졌다.

쒸익!

손에서 뻗어진 검은 강기의 채찍이 연리운의 몸을 통째로 휘감았다. 위력 자체는 대단할 것이 없었다. 애초에 공격으로 쓰려고 펼친 것도 아니었다.

"큭!"

연리운이 몸을 휘감은 채찍을 떨쳐내기 전, 백현이 채찍을 당겼다. 연리운은 끌려오지 않았지만, 백현의 몸이 확- 하고 가까워지더니 무릎을 들어 연리운의 가슴팍을 찍었다. 연리운은 급히 손을 들어 그것을 가로막았다.

아주 잠깐. 백현과 연리운의 몸이 맞닿았다. 연리운은 붉게 물든 백현의 두 눈을 보며 헉하고 숨을 삼켰다.

넌 날 죽여야 해.

백현이 내뱉었던 말이 연리운의 머리를 떠돌았다.

빠득!

연리운의 이빨이 갈렸다. 그는 몸을 휘감은 채찍을 뿌리치

며 백현을 밀어냈다. 그의 양팔이 패왕의 힘을 싣고 천마유혼
의 권법을 펼쳤다.

꽈꽈꽝!

타격과 타격이 부딪치는 소리가 폭발음이 되었다. 연리운은
천마유혼의 권로를 제대로 이끌어가지 못했다. 백현의 주먹이
너무나 파괴적이고 빨랐기 때문이다.

'부숴.'

백현은 오직 그것만을 생각했다. 유기의 금강불괴를 맨주먹
으로 부수었을 때처럼. 확고한 바람은 그의 몸을 더욱 강인하
고 빠르게 만들었다. 심이 바라는 것에 기와 체가 부응했다.
백현의 허리가 비틀렸다. 전력을 다해 내지른 일격이 연리운의
주먹을 으깨었다.

연리운은 비명을 지르지 않았다. 그는 소리 없이 경악하며
으깨진 주먹을 보았다.

파파팟!

그는 접힌 공간을 뛰어넘어 단숨에 백현과 아득한 거리를
벌렸다. 그사이에 으깨진 연리운의 주먹이 재생했다.

"허어……"

치명상은 아니었지만 연리운은 탄식을 흘렸다. 그러면서 그
는 멀쩡한 손을 들어 앞으로 펼쳤다.

쿠웅!

시뻘건 구체가 나타났다. 그것은 백현도 뭔지 알고 있었다. 박준환과 무령이 펼쳤던 멸세옥이었다. 하지만 연리운이 펼친 멸세옥은 둘이 펼쳤던 것과 판이하게 달랐다. 박준환의 것과 같은 미숙함은 당연히 없었고, 무령처럼 광폭하지도 않았다.

쿠오오오!

쏘아진 멸세옥을 향해 백현은 크게 숨을 삼켰다. 몸으로 펼치는 것이 아니다. 마음으로, 심검처럼.

흑운(黑雲)은 그런 초식이다.

검은 구름. 흩어지지 않는다. 사라지지 않는다. 닿는 모든 것을 지워 버린다. 삼킨다. 마음을 검으로 벼린 것이 심검이라면, 흑운은 보다 고차원적인 명령을 담는다.

화아아악!

갑자기 나타난 검은 구름 무리가 멸세옥을 집어삼켰다. 그것을 보며 연리운은 감탄을 터뜨렸다.

'무에 의념(意念)을 담았구나!'

인간의 한계를 초월한 영역이다. 멸세옥으로 막을 수 있을 리가 없다. 심검을 손에 넣은 제종조차 저것이 무엇인지 제대로 보지도 못하고 당했다.

하지만 연리운은 제종보다 몇 수나 높은 곳에 있었다.

우우웅!

연리운의 몸이 진동했다. 그의 단전에서 무한한 내공이 쏟아져 나왔다.

천마재림(天魔再臨).

꽈아앙!

천마신공이 완전하게 펼쳐졌다. 하늘이 노을보다 붉게 물들었다. 덮쳐오는 구름 무리를 향해 연리운이 손을 뻗었다. 하늘을 덮은 빛이 크게 일렁거렸다. 그 전체가 붉은 파도가 되어 흑운과 충돌하고 상쇄되었다.

"하하하!"

의념은 내공과는 다르게 양의무극회환으로 회수할 수 없었다. 그만큼 위력은 강력하지만, 솔직히 너무 강해서 재미가 없었다. 싸우는 맛이 없기 때문이다.

하지만 지금은 어떤가?

연리운은 작정하고 펼친 흑운을 정면에서 상쇄해 버렸다! 그 말은, 놈 또한 의념으로 무공을 펼칠 수 있다는 말이다. 전력을 다함에 부족함이 없는 상대다. 실제로 백현은 전력을 다하고 있었다. 백현은 공간을 뛰어넘고서 연리운에게 주먹을 휘둘렀다.

연리운은 물러서지 않고 장법을 펼쳐 응수했다. 그러는 중에 하늘의 붉은빛이 백현을 덮쳐왔다. 이 공간 전부가 연리운의 영역이었다.

"꺼져!"

3

백현은 큰소리로 고함을 질렀다. 연리운의 손바닥과 닿은 주먹을 힘을 주어 밀면서 다른 손을 마구잡이로 휘둘렀다.

꽈지지직!

덮쳐오는 붉은빛이 백현의 손짓에 갈기갈기 찢겼다.

연리운은 심유한 눈으로 백현을 보았다.

"내공의 절대량이 부족한 이상 대응하는 방법에 한계가 있게 마련."

정곡이었다.

그래서 뭐 어쩌라고?

백현은 대답 대신 히죽 웃었다.

파박!

닿아 있던 백현의 손과 연리운의 손이 몇 번 부딪치며 튕겼다. 그 순간 백현이 몸을 젖혔다가 앞으로 쏘아내며 연리운과의 거리를 더욱 좁혔다. 그리고 타격 대신에 연리운의 허리를 붙잡았다.

연리운이 놀란 소리를 내기도 전에, 백현은 연리운의 몸을 그대로 땅으로 내려찍었다. 충돌한 지면은 폭발하지 않고 통째로 증발하여 거대한 구멍이 만들어졌다. 연리운이 몸을 비틀어 빼며 백현에게서 벗어났다.

"무식하게도 싸우는……."

연리운의 말이 도중에 뚝 끊겼다.

꽈직!

사각에서 튀어나온 일권이 연리운의 머리를 갈겼다. 연리운의 몸이 옆으로 기우뚱 흔들렸다. 그 와중에도 연리운은 손을 뻗어 백현의 어깨를 잡았다.

콰당탕!

인간을 아득히 뛰어넘은 둘이 서로 붙들고 땅을 뒹굴었다.

"하!"

백현은 즐거운 웃음을 터뜨리며 연리운과 함께 땅을 굴렀다. 그러다가 연리운의 위에 올라타서 그의 머리를 향해 미친 듯이 주먹을 내려찍었다. 말이 주먹질이지, 쏟아 내리는 일권 하나하나에 어마어마한 위력이 실려 있었다.

연리운은 양팔을 들고 호신강기를 부풀렸다. 타격이 호신강기를 깎아갔다. 아직 하늘은 새빨갛게 붉었다. 그 붉은 기가 유성이 되어 아래로 쏟아졌다. 백현은 즉시 만연비궁을 펼쳤지만, 연리운의 공격은 만연비궁을 갈기갈기 찢으며 백현의 호신강기를 파괴했다.

백현의 입에서 붉은 피가 뿜어졌다.

"크륵!"

연리운의 두 눈이 번뜩였다. 아직까지 그는 백현의 아래에 깔려 있었다. 연리운은 벌떡 몸을 일으켜서 백현을 뒤로 자빠뜨렸다. 공수가 역전되었다. 연리운은 백현이 했던 것처럼 주먹을 내려찍었다.

하지만 백현은 연리운처럼 맞아주지 않았다.

빠악!

백현은 무릎으로 연리운의 등을 걷어찼고, 연리운의 몸은 바닥을 뒹굴었다. 천마신교의 소교주로 태어난 연리운이 이런 개싸움에 익숙할 리가 없었다. 마운트는 자세가 중요한 법이다. 개싸움에는 익숙하지 않았지만, 연리운은 여전히 백현보다 많은 이점을 가지고 있었다. 육체의 상처는 금세 치유되고 내공도 마르지 않는다. 연리운은 바닥을 데굴데굴 구르다가 벌떡 일어섰다.

그때 백현도 숨을 몰아쉬며 일어서고 있었다.

"대체 왜 이렇게까지……!"

연리운이 그렇게 내뱉었지만, 백현은 그 말을 듣지 않았다. 육체의 부족함을 쇄혼을 사용해 메우고 있다. 오래 끌수록 나중에 짊어져야 할 부담이 커진다. 약도 듣지 않는 근육통은 질색이었다.

'그것도 살았을 때의 이야기지만.'

연리운은 무식하게 덤벼드는 백현을 이해할 수가 없었다. 놈은 전력을 다하고 있다. 그것에 의심의 여지는 없었다.

물론 연리운도 전력을 다해 싸우고 있는 것은 매한가지였지만, 서로의 전력은 그 의미가 다르다.

연리운의 내공은 마르지 않고, 육체의 손상은 금세 회복된다. 하지만 백현은 아니다. 백현이 연리운보다 압도적으로 강하지 않은 이상, 이 싸움에서 백현이 승리하는 일은 일어나지 않는다. 연리운은 백현이 완전히 지칠 때까지 싸울 수 있었고, 그 뒤에 백현을 죽이면 그만이었다.

'그건 너도 알 텐데……!'

도망치라고 했다. 그 마음은 지금도 바뀌지 않았다. 오히려 지금은 더. 연리운은 백현이 도망치기를 바랐다.

무공을 이루는 삼대 요소인 심, 기, 체. 그중 체가 육체고 기가 내공이라면, 심이 바로 의념이다. 심은 가장 이루기 힘들고 단련하기 힘들다. 인간이 약한 이유는 심도, 기도, 체도 날 때부터 빈약하기 때문이다.

인간이, 백 년도 살지 못했을 인간이 저만한 힘을 이룩해 냈다. 한때 인간이었고, 지금도 스스로를 인간이라고 생각하기에. 연리운은 백현을 이곳에서 죽이고 싶지 않았다.

'어쩌면, 어쩌면…….'

또, 자그마한 기대가 있기도 했다. 인간이면서 저 정도의 힘. 향후 몇 년만 지나면 대체 얼마나 더 강해질지 가늠이 되지 않는다. 만약 그때까지 죽지 않고 살아 있다면, 저 인간은 정말로 무령을 죽일 수 있을지도 모른다.

하지만 지금은 불가능하다. 지금의 백현은 무령은커녕 연리운도 죽일 수 없다. 그렇기에 더, 더. 죽이고 싶지 않았다.

"싸워!"

백현이 고함을 질렀다. 연리운의 눈이 흔들리는 것과 그가 느낀 망설임을 읽은 것이다. 백현은 피에 젖은 입을 크게 벌리며 고래고래 소리를 질렀다.

"더 싸우라고!"

연리운은 흔들리는 눈을 돌려 백현을 보았다. 마주한 광인(狂人)의 눈을 보며, 연리운은 자신이 무언가를 착각했음을 깨달았다. 저 인간은 무의 총애를 받는 것이 아니다. 총애를 받는다고 해서 저렇게 될 수는 없다. 무의 총애가 저 인간에게 인세에 다시없을 재능을 주었을지도 모를 일이나, 저런 광기까지 주진 않는다.

무의 화신(化神)이 있다면 저럴까.

'죽여야…… 죽여야 하나? 여기서……? 내가?'

거리가 가깝다.

백현의 손이 뻗어졌고, 연리운은 그 순간까지 망설였다.

"칵."

단말마는 뜬금없이 터졌다.

뒤에서 내리찍은 일검이 유마의 목을 베었고 카르파고가 그 시체를 백현과 연리운이 있는 거대한 구멍으로 걷어차면서, 함께 뛰어들었다.

10장
뭐 이런

썩둑 잘린 유마의 머리가 백현과 연리운 사이에서 데굴데굴 굴렀다. 연리운을 향해 뻗어가던 백현의 손이 멈칫 굳었다. 연리운은 그 순간에도 마음의 미혹을 떨쳐내지 못하고 있었다. 하지만 발 앞에서 굴러들어 온 유마의 머리를 본 순간, 연리운이 느끼고 있던 미혹이 증발했다. 그는 두 눈을 부릅뜨고서 유마의 머리를 보았다.

흑라신장 유마. 솔직히 말해서, 그는 호감이 가는 인물은 아니었다. 그렇다고는 하나, 유마가 죽어도 좋을 인물이었던 것은 아니다. 특히나 지금의 상황에서 유마의 죽음은 연리운을 경악시키기에 충분했다.

제 목숨을 부지하고자 전투에 끼어들지 않고 물러서 있던 유마가 왜 지금, 저렇게 머리가 잘려 죽었단 말인가.

백현은 뻗은 손을 그대로 두고서 두 눈을 아래로 내렸다. 유마의 머리는 목젖 아래로 깔끔하게 절단나 있었다. 절단면은 뭉그러짐 없이 매끄럽고, 피도 흐르지 않고 있었다. 경악 어린 표정…… 고통의 흔적은 없었다. 목이 베인 뒤에야 자신이 그리되었음을 깨달은 것만 같은 얼굴이었다.

'누가?'

백현과 연리운. 둘의 머릿속에 그런 의문이 스쳤다. 그리고 둘 모두가 흉수가 누구인지 짐작했다. 백현도 다른 누군가가 이 싸움을 구경하고 있음을 느끼고 있었다. 둘…… 정확히 누구인지는 알 수 없었으나, 높은 확률로 사도일 것이다.

'혈사자.'

그리고 연리운은 백현보다 확실하게 흉수를 짐작했다. 연리운은 살의와 경계심으로 무장하고 이를 올려 보았다. 철혈궁의 군주인 무령은 자신의 사도를 벌레와 다를 것 없이 여겼고, 그리 많은 힘을 부여하지 않았다. 그에게 있어서 사도는 강신을 위한 그릇 이상도 이하도 아니었다.

하지만 그렇다고 해서, 혈사자의 사도가 박준환과 동급이라 여길 수는 없었다. 사도에 부여하는 의미는 군주마다 다르다. 그 말은 즉, 군주마다 사도에 대한 대접과 내려주는 힘이 다르다는 말이다.

하물며 상대는 예비 사도가 아닌 진짜 사도. 유마가 반응하지도 못할 새에 목을 베어버린 것을 볼 때, 결코 경시해선 안 될 상대였다.

데굴데굴 구른 유마의 머리가 백현의 발끝과 닿아 멈추었을 때, 유마의 시체와 그를 걷어찬 존재가 구덩이의 위에서 떨어져 내렸다.

백현은 뻗은 손을 천천히 내리며 놈을 쳐다보았다. 흩날리는 황갈색의 머리카락은 사자 갈기 같았고, 가뜩이나 커다란 거구는 붉은 전신 갑주에 뒤덮여 있었다.

타악.

땅에 내려선 놈은 발치에 떨어진 유마의 시체를 한 번 걷어찼다.

뻐엉!

유마의 시체가 풍선처럼 터지면서 사방으로 피와 살점이 비산했다.

"으흠."

카르파고는 낮게 헛기침을 하면서 고개를 들었다. 그는 이쪽을 빤히 보는 백현과 싸늘하게 식은 연리운의 얼굴을 보며 민망하다는 듯 양 뺨을 붉혔다. 그는 살짝 고개를 돌리고 시선을 내리깔며 중얼거렸다.

"거…… 그렇게 빤히 쳐다보면 좀 민망스러운데."

"넌 뭐야?"

먼저 질문한 것은 백현이었다.

표정으로 드러나지는 않았지만, 백현의 가슴 속에서는 짜증이 들끓고 있었다. 그럴 만도 했고, 당연한 짜증이었다. 한창 흥이 올랐는데, 이 상황에서 갑작스럽게 제삼자가 끼어든 것이다.

"오."

백현의 질문에 카르파고가 환한 미소를 지었다. 입술이 벌어져 드러난 하얀 치아가 햇빛을 받아 반짝거렸다.

"김치맨, 너만큼 나도 유명한데. 날 몰라? 카르파고, 혈사자의 사도. 너보다 한참 전에 유명했던 이름이잖아."

사도라 짐작되는 강렬한 존재를 둘 느끼긴 했다. 그중 하나는 여기서 조금 떨어진 진 웨이의 곁에 남아 있고, 다른 하나는 근처에 머무르고 있음을 파악했었다.

그런데…… 연리운과의 전투에 너무 집중한 덕에, 놈의 움직임을 놓쳤다. 그 사이에 유마가 죽었고, 카르파고가 개입했다.

"지금 뭐 하자는 거야?"

"슬슬 보기만 하면 안 될 것 같아서."

카르파고가 멋쩍은 미소를 지으며 말했다.

아까는 보고 있어도 괜찮았지만, 지금부터는 보고만 있어서는 안 된다. 그 말이 끝난 순간 연리운이 얼굴을 일그러뜨리며 카르파고를 향해 달려들었다.

카르파고가 히죽 웃으며 왼손을 들었다.

퍼퍽!

짧게 끊어친 연타가 연리운의 머리를 뒤로 젖혔다. 카르파고는 뻗은 왼 주먹을 재빨리 회수하더니, 꺾어 친 훅으로 연리운의 옆구리를 때렸다. 꽉 다문 연리운의 입이 벌어지면서 핏물이 튀었다. 카르파고는 물러서는 연리운을 향해 어깨에 걸치고 있던 커다란 대검을 휘둘렀다.

"아!"

백현이 고함을 내지르며 끼어들었다. 연리운을 베려던 대검이 백현이 쏘아낸 강기구(罡氣球)에 부딪쳐 팅겨 나갔다.

카르파고가 백현을 힐긋 보았다.

"적 아니었느냐?"

"내 적이지!"

카르파고가 무엇을 바라는 것인지는 모른다. 적의 적은 아군이라는 말이 있기는 하지만, 이번에 처음 본 놈을 아군이라고 생각하고 싶지는 않았다. 아니, 그것을 떠나서. 백현은 지금 이 상황에 카르파고라는 제삼자가 끼어드는 것 자체에 분노와 짜증을 느끼고 있었다.

딱 좋은 순간이었다. 연리운이 같잖은 미혹을 느끼는 것이 조금 짜증 나기는 했지만, 그따위 미혹이야 놈을 더 몰아붙이면 얼마든지 흩뜨릴 수 있었다. 그런데 카르파고가 끼어드는 탓에 엉망이 되어 버렸다. 누군가는 어찌 되었든 무조건적인 승리를 추구할지도 모르지만, 백현은 이런 승리 따위는 바라지 않았다.

"꺼져!"

"그럴 순 없지."

대답과 동시에 검이 날아왔다. 백현은 즉시 검격 아래로 파고들었다. 활짝 편 일장이 카르파고의 가슴을 찍었다.

'뭐야?'

닿는 순간의 느낌이 기묘했다. 분명 때렸고, 틀림없이 닿았다. 그런데 때린 것 같지가 않았다. 내가중수법을 통해 내공을 밀어붙이려 해보았으나, 손바닥의 혈이 꽉 막힌 것처럼 내공이 앞으로 나아가지지 않았다. 아니, 맞닿아 있는 카르파고의 몸에 내공을 밀어 넣을 수가 없었다.

카르파고가 웃는 소리를 냈다. 놈이 쥔 검이 검붉은빛에 휘감겼다. 아신검 바알. 혈사자가 자신의 사도에게 직접 하사한 신물(神物).

백현은 두 눈을 크게 떴다. 바알에서 쏘아진 검강이 백현을 덮쳤다. 백현은 급히 거리를 벌리면서 강기구를 쏘아 보냈다. 하지만 검강과 닿은 순간, 강기구는 폭발도 하지 않고 소멸해 버렸다. 상쇄된 것이 아니라, 말 그대로 소멸이었다. 그렇다 보니 양의무극회환으로 내공을 회수할 수도 없었다. 백현은 속도를 올려 검강의 추격에서 벗어났다.

연리운은 왜 카르파고가 백현까지 공격하는 것인지 이해할 수 없었지만, 그렇다고 해서 가만히 있지는 않았다. 이것은 연리운에게 있어서 틀림없는 기회였다. 백현을 죽이고 싶지 않다는 마음은 여전했지만, 그렇다고 카르파고에게까지 자비를 베풀 생각은 없었다.

쿠오오오!

연리운의 전신이 새빨간 빛에 휘감기고 빛이 빠른 속도로 부풀었다. 백현의 흑운과 맞부딪쳐 상쇄했던 천마재림이 준비되었다. 그것을 본 카르파고가 양손으로 대검을 잡았다. 아신검 바알이 울부짖었다. 백현도 이를 갈면서 의념을 끌어내 흑운을 펼쳤다.

세상이 멸망하는 것 같은 소리가 났다. 존재의 격이 신에 닿은 자들이 벌이는 싸움이다.

그곳에서 오직 백현만이 완전한 인간이었다. 이런 경험은 온갖 종류의 싸움을 겪은 백현도 처음이었다. 어마어마한 충격파가 백현을 덮쳤고, 그는 전력을 다해 끌어낸 호신강기로 몸을 뒤덮고서 만연비궁까지 펼쳤다. 일만 장의 연잎이 갈기갈기 찢겼고, 백현의 몸이 땅을 뒹굴었다. 전신이 박살 나는 것 같은 통증 속에서 백현의 정신이 번쩍 뜨였다.

'아.'

카르파고의 출현, 개입으로 느꼈던 짜증과 분노가 눈 녹듯이 사라졌다. 적이 늘어났을 뿐이다. 그 외에 변한 것은 없었다. 싸움은 여전히 즐거웠고, 백현은 전력을 다하고 있었으며, 저 둘은 백현을 죽이기에 충분한 힘을 갖추고 있었다.

빛이 사라졌다. 아무것도 남지 않은 무(無)의 공간에서 카르파고가 가장 먼저 움직였다. 어마어마한 힘의 충돌, 폭발을 겪었음에도 카르파고에게는 조금의 상처도 없었다. 카르파고가 노리고 있는 연리운의 입가에는 한줄기의 피가 흐르고 있었지만, 초월적 존재인 그에게 이 정도 상처는 대단한 것이 아니었다.

백현은 빠르게 자신의 상태를 점검했다. 멀쩡하다 할 수 없을 내상을 입었다. 그것이 끝이었다. 내공은 아직 마르지 않았고, 사지도 무사해 몸을 움직이는 것에 무리가 없었다. 백현은 땅을 박차 카르파고와 연리운과의 거리를 좁혔다.

"미친놈!"

연리운은 어이가 없어서 내뱉었다.

먼저 당도한 카르파고가 연리운의 머리를 향해 바알을 내려찍었다. 연리운은 몸을 옆으로 꺾으면서 일장을 뻗었다. 그가 노린 것은 카르파고의 몸이 아닌, 그 사이에 있는 공간이었다. 공간이 부풀어 터지면서 카르파고의 몸이 뒤로 밀려났다. 조금 늦게 도착한 백현이 일수를 쭉 뻗어 연리운의 허리를 노렸다.

뒤로 물러섰던 카르파고가 바알을 높이 들었다. 검신을 휘

감은 검강이 크게 부풀었다. 휘두른 검강은 백현과 연리운 둘
모두를 죽이려 했다.

백현은 재빨리 이형환위로 연리운의 등 뒤로 넘어가서 그의
등을 걷어찼다. 앞으로 밀려난 연리운은 덮쳐오는 검강을 보
며 얼굴을 일그러뜨렸다. 순식간에 만들어진 멸세옥이 연달
아 쏟아져 검강과 충돌했다.

카르파고의 눈이 빠르게 움직였다. 그는 폭발 아래에서 달
려오는 백현을 보며 입술을 비틀었다. 백현이 허공을 박차 위
로 튀어나갔을 때, 카르파고는 이미 백현을 맞이할 준비를 마
쳤다. 아신검 바알이 그 크기에 걸맞지 않게 쾌속하게 움직여
참격을 뿌렸다.

혈사자의 권능은 무공이 아니지만, 카르파고의 검은 백현으
로서도 틈을 파고들 수 없을 정도로 완벽하게 완성되어 있었
다. 백현은 자신의 호신강기가 너무나도 쉽게 베어지는, 아니,
소멸되는 것을 보았다. 아무래도 바알이 가진 능력인 듯했다.

'실전으로 익힌 거야.'

놀라운 일이었다. 세상에 어비스가 만들어진 지 이제 5년이
고, 카르파고가 사도가 된 시간은 길어봐야 2년이 채 되지 않
을 것이다. 한데 카르파고의 검은 고작 그 정도의 시간을 투자
하여 완성될 정도가 아니었다.

'재능?'

어쩌면 그럴지도 모른다. 뭔가 타고난 것이 있으니 혈사자가 사도로 삼은 것일 테니까. 하지만 재능이라면 백현도 남부럽지 않게 가지고 있었다. 그는 무의 축복이라 칭해지는 천무성을 타고난 자였다.

아신검 바알은 강기를 종잇장처럼 찢고 내공을 소멸시킨다. 그렇다면 내공을 쏟아붓는 화력전은 의미가 없다. 그럼에도 백현은 강기구를 난사했다. 카르파고가 검을 휘두를 것을 강요하기 위해서였다.

바알이 움직인 순간, 백현은 모든 내공을 가속에만 사용했다. 그는 순식간에 카르파고의 품 안으로 파고들 연타를 날렸다. 하지만 이번에도, 때렸는데 때린 것 같지 않은 기묘한 느낌만 들었다.

'뭐야?'

금강불괴? 아니, 이건 무공이 아니다. 이런 무공이 존재한다는 것은 말이 안 된다.

백현은 모든 신경을 두 눈에 집중했다. 본래는 보이지 않았던, 카르파고의 몸을 덮은 무형의 막이 보였다. 타격을 가할 때마다 그 막이 출렁거리며 대미지를 분산시켜 흩뜨리고 있었다. 무공과는 전혀 다른 권능. 혈사자의 사도이기에 사용할 수 있는 권능이었다.

[죽여라!]

연리운의 머릿속에서 쩌렁쩌렁한 고함이 울렸다. 철혈궁에서 이 모든 것을 지켜보던 무령이 외치는 말이었다.

'제발, 아버님.'

연리운은 얼굴을 일그러뜨렸다.

'정녕…… 저 인간을 죽여야 한단 말입니까……!'

[죽여라!]

무령이 고함을 질렀다. 연리운의 의식이 뒤흔들렸다. 인간이 아니게 된 철혈궁의 괴물들이 아우성을 터뜨렸다. 이건 확실한 기회기도 했다. 어쩌면 이곳에서 혈사자의 사도와 백현, 저 둘을 모두 죽일 수 있을지도 모른다. 그렇게 된다면 당장 철혈궁을 직접적으로 위협하는 모든 적을 말살하는 것이다.

"예."

연리운은 참담한 표정으로 내뱉었다.

백현도, 연리운도, 카르파고도. 바라여 하고자 하는 것은 똑같았다. 셋 모두 이곳에서 자신을 제외한 전부를 죽이고자 하고 있었다.

결국, 연리운은 그리 하고자 마음먹었다. 이유야 각기 다르겠지만, 서로가 마음먹은 뚜렷한 살의가 행동이 되었다.

어느 순간 등 뒤에 온 연리운이 뻗은 손을 완전히 피하지 못해 왼쪽 옆구리가 스쳤다. 여태까지 느꼈던, '쓰림'이나 '아릿함'과는 전혀 다른 아픔이었다.

백현은 연리운의 가슴을 걷어차면서 조련유린을 펼쳤다. 수십 개의 강기구가 사방으로 빛을 쏘아냈다. 카르파고는 바알을 휘둘러 빛을 통째로 베어냈다. 단순히 베어내는 것이 전부가 아니었다. 바알은 베어낸 모든 것을 흡수한다. 그리고 지금, 바알이 먹은 것을 토해냈다.

콰오오오!

바알에서 터져 나온 혈광이 백현을 덮쳤다.

백현은 활짝 편 양손으로 원을 그렸다. 포악한 힘의 파도가 백현이 그리는 태극의 흐름에 휘말렸다. 백현의 통제에 따라 주먹만 한 구체로 응집된 힘이 카르파고에게 쏘아졌다.

'지친 줄 알았더니……!'

카르파고의 눈썹이 찡그려졌다. 그는 웃음기 없는 얼굴로 바알을 양손으로 꽉 잡았다. 카르파고의 눈동자 안에서 붉은 빛이 켜졌다. 거신족의 힘이 카르파고의 전신에 퍼져갔다. 그는 당도한 구체를 일격에 베어내고서 검강을 뿌렸다.

백현은 피하고자 했지만, 행동이 마음대로 되지 않았다. 등 뒤에서 노려오는 연리운 때문이었다. 백현은 급히 삼계유희를 펼쳐 위협에서 벗어나려 했지만, 기다렸다는 듯이 머리 위에서 떨어져 내린 카르파고가 참격을 찍었다.

최대한 회피 동작을 펼쳤지만, 이번에도 완전히 피해내지 못했다. 백현의 가슴팍이 길게 베이며 피가 뿜어졌다. 뼈까지 베

3

이지는 않았지만 뿜어지는 피의 양이 예사롭지 않았다.

백현은 흩어지는 핏물 너머에서 카르파고를 노려보며 손을 튕겼다. 내공에 깃든 핏방울이 무수히 많은 암기가 되어 카르파고를 향해 쏘아졌다. 생각해야 했다. 절대적인 방어 따위가 존재할 리가 없다. 뚫을 수 없는 것은.

'내 공격이 약해서.'

그렇다면 더 강하게 때려야 했다. 금강불괴를 부수는 것으로는 부족하다. 애초에 부서진 시점에서 그건 금강불괴도 아니었다. 저 뭔지도 모를 장막을 관통하기 위해서는 더 강한 힘이 필요했다.

힘이 부족했다.

내공은 고갈되어 가고 있었고, 내상은 심했다. 상처도 무시할 정도가 아니었다.

자연히, 연리운과 카르파고는 백현을 우선해서 노리게 되었다. 카르파고는 연리운을 경계하면서 백현의 기공을 베어냈고, 연리운은 백현에게 달라붙어 맹공을 가했다.

점점 백현의 몸에 상처가 늘어났다. 검에 크게 베인 가슴팍과 등에서 피가 멈추지 않고 흘렀고, 스친 옆구리에서도 아직 피가 흐르고 있었다. 오른쪽 손은 주먹을 쥔 모양대로 뭉개져서 펴지지도 않았고, 왼쪽 허벅지는 깊이 베여 뼈가 드러났다.

'아아……'

연리운은 왼쪽 눈가를 손으로 덮었다. 백현은 숨을 몰아쉬면서 손가락에 꼽힌 눈동자를 쥐어 터뜨렸다. 하지만 연리운이 손을 내렸을 때, 그곳에는 새로운 눈동자가 생겨 있었다.

'이 상황에서도 강해지고 있다고?'

이런 기분을 느끼게 될 줄은 몰랐다. 카르파고는 가슴팍을 힐긋 내려 보았다. 흉갑이 주먹 모양으로 우그러져 있었다. 드래곤의 브레스를 정면으로 맞아도 깨지지 않을 오러실드가 주먹질에 관통된 것이다.

'뭐 이런 미친 새끼가…….'

하지만 오래 버티지 못할 것이다. 연리운도, 카르파고도 그 사실을 잘 알고 있었다. 자체적인 회복 수단을 가진 것도 아니고, 내공이 무한한 것도 아니다. 하지만 상처를 입었어도 백현은 여전히 송곳니와 발톱이 예리한 맹수였다.

카르파고는 신중히 백현과의 거리를 좁혔다.

핏.

멀찍이서 반짝인 빛이 공간을 꿰뚫었다.

쏟아진 빛이 카르파고와 연리운을 동시에 위협했다. 무시할 정도의 위력이 아니었기에, 둘은 우선 뒤로 물러섰다.

'빌어먹을.'

연리운의 두 눈이 파르르 떨렸다.

빛의 주인은 추측할 필요도 없었다. 이곳은 군주의 사도와 철혈궁의 2인자, 인간이면서도 신격에 도전하는 미치광이가 어우러진 전장이다. 이와 동등한 격을 갖추지 않고서는 감히 끼어들 수 없다.

콰아아!

빛이 쏘아졌던 먼 곳에서 거대한 용이 날아왔다. 날개가 없는 동양의 용은 조금 낯선 모습이었지만, 카르파고는 혈사자의 기억을 통해 저 용이 무엇인지 알 수 있었다.

"……하미르."

쯧- 하고 혀를 차며 카르파고가 중얼거렸다.

용성군이 다스리는 신비경, 그중 영물들의 정점에 서 있는 사신수(四神獸) 중 하나. 천공용(天空龍) 하미르.

아무리 사신수라고 해도, 신비경에서 살아가는 존재들이 단독으로 어비스에 강림하는 것은 불가능하다. 어비스의 혼돈은 인간이 아닌 모든 존재에게 평등한 타락을 선사한다. 무령의 권속들이 그나마 어비스에 강림할 수 있는 것도 결국에는 그들이 한때 인간이었기 때문이다.

"라이 룽."

하미르 정도의 격을 강림시키려면 그만한 술자(術者)가 곁에 있다는 것. 용성군의 권속 중에서 신수를 소환해 강림시킬 수 있는 것은 오직 하나, 용성군의 사도인 라이 룽뿐이다.

"못 봐주겠군."

라이 룽은 하미르의 머리 위에 비스듬히 앉아 다리를 꼬았다. 그녀는 가늘게 뜬 눈으로 백현을 힐긋 보았다. 백현은 뭐라 말하는 대신 거칠고 가는 숨을 내뱉고 있었다. 피와 땀으로 흠뻑 젖은 앞머리 사이에서, 차갑게 식어 있는 눈동자가 라이 룽과 마주쳤다.

상황은 절망적이었다.

아무리 초월적인 무위를 갖추었다고는 하나 몸뚱이는 결국 인간이고, 힘을 펼칠 내공도 거의 남지 않은 데다 상처도 심했다. 이대로 가다가는 죽을 것이 뻔했다.

'타개할 수 있나?'

몸은 아직 움직인다. 내공도 아주 바닥이 나지 않았다. 작정하고 펼친다면 더 싸울 수 있다. 아신검 바알과 부딪치는 것을 최대한 피하고, 기공을 철저하게 배제하고 체술에 중점을 두고. 방어보다는 회피를 우선하며 확실한 순간에 공격을 꽂고.

'하나씩.'

가장 이상적인 것은 둘과 한꺼번에 싸우는 것보다는 하나씩 싸우는 것이다. 물론 그건 백현이 바란다고 해서 되는 것이 아니다. 이런 상황에서는 가장 약해진 놈을 먼저 죽이는 것이 당연한 일이다. 무조건적인 살의를 내세우며 덤비는, 일대일로도 승부를 장담할 수 없는 둘과 싸운다.

압도적으로 불리한 조건이고, 죽으면 끝이라지만 상황 자체는 참 즐거웠다. 무조건 이길 수 있다, 살아남을 수 있다는 확신은 없었지만.

'진원진기를 격발시키면 부족한 내공은 대체할 수 있어.'

뒤가 없는 방법이지만 이러니저러니 죽는 것은 마찬가지다. 아니, 아직 그렇게 행동하기에는 이르다. 백현은 라이 룽을 힐긋 보았다.

'변수는 저 여자인가?'

카르파고는 저 여자를 라이 룽이라고 불렀다. 진 웨이에게서 몇 번이나 들었던 이름, 용성군의 사도. 셋을 상대로 이길 수 있을까? 아직 라이 룽은 이 상황에서 어떤 입장인지 내비치지 않았다.

백현은 초조해하지 않았다. 머리는 놀랍도록 차갑고 이성적이었다. 라이 룽은 그런 백현을 신기하다는 듯이 쳐다보았다. 그녀는 마음을 읽는 재주 따위는 가지고 있지 않았지만, 백현이 아직 절망하지도, 포기하지도 않았다는 것을 느낄 수 있었다. 라이 룽의 입가에 천천히 미소가 번졌다.

"네년도 숟가락을 걸치러 온 거냐?"

"그다지, 나는 나눠 먹는 것보다는 혼자 먹는 게 더 좋거든."

"그래? 나는 뺏어 먹는 것이 좋던데. 한 입만 뺏어 먹는 것보다는 전부."

카르파고가 어깨를 으쓱거리며 대답했고, 라이 룽은 웃음을 터뜨렸다.

"네 인성이 쓰레기라는 것에 자부심이라도 느끼나 봐?"

"에이, 쓰레기라고 할 것까지야. 차려진 밥상이 워낙 맛있어 보여서 못 참은 것뿐인데."

그럴 줄 알았다. 혈사자가 가장 바라는 것은 무령 본인을 사냥하는 것일 테지만, 그것이 반드시 성공하리란 보장은 없다. 무령이 혼돈에 침식되어 약화되었을 가능성이 크다지만, 혈사자로서도 아끼는 사도를 걸고서 모험을 하고 싶지는 않을 터.

그에 비해 지금은, 확실하게 카르파고가 우위에 서서 사냥과 포식을 할 수 있는 상황이었다. 저 강력한 철혈궁의 2인자를 죽인다면 그만한 권능이 카르파고에게 깃들 것이고, 경계 대상인 백현마저도 손쉽게 죽일 수 있다.

"나눠 먹는 것도 싫고, 뺏어 먹는 것도 싫다? 그런 주제에 뭐 하러 오셨어? 그냥 마음에 안 들어서?"

카르파고의 질문에 라이 룽이 피식 웃었다.

오오오!

하미르가 거대한 몸체로 똬리를 틀었다. 그러자 마력이 폭풍이 되어 하미르와 라이 룽을 휘감았다. 라이 룽은 그 안에서 몸을 일으켰다. 나부끼는 바람 속에서 라이 룽의 머리카락이 높이 솟구쳤다.

"어."

라이 룽이 고개를 끄덕거렸다.

"마음에 안 들어."

마력의 폭풍이 터졌다.

오가는 대화로 백현은 라이 룽의 입장을 확실하게 알 수 있었다. 그녀의 노골적이지 않은 살기는 백현과 연리운이 아닌 카르파고를 겨냥하고 있었다. 카르파고는 덮쳐오는 폭풍을 마주하고서 환한 미소를 지었다.

"칭챙총 년!"

하얀 이를 반짝이며 인종 차별적인 욕설을 내뱉은 카르파고는 바알을 휘둘러 폭풍을 찢어버렸다. 이 세상에 사도가 만들어지고 벌써 일 년이 넘는 시간이 흘렀지만, 여태까지 군주의 사도들은 서로를 의식하되 직접적으로 충돌을 겪은 적이 없었다.

그건 사도들뿐만이 아니라, 그들이 거느리고 있는 길드도 마찬가지였다. 카르파고의 마타도르(Marador), 드레이브의 헤븐스도어(Heaven's Door), 샤나크의 데스워크(Death Walks), 라이 룽의 천룡회(天龍會). 사도를 따르는 네 개 길드의 길드원들 모두가 다른 사도의 길드와 마찰을 빚지 않아 왔다.

애당초 그렇게 하기로 정한 것은 아니었지만, 라이 룽이 먼저 선공을 해주었으니 카르파고로서는 거리낄 것이 없었다. 폭풍을 갈라 버린 카르파고가 라이 룽을 향해 뛰어들었다. 소환수인 하미르를 치는 것보다 술자인 라이 룽을 공격하려는 것이다. 뻔한 행동이었기에 라이 룽은 놀라지 않았다.

"등신."

라이 룽이 비웃음을 터뜨렸다.

키이잉!

라이 룽과 하미르가 서로 공명했다. 용성군과 계약한 헌터들은 막강한 소환수를 불러들이는 대신에, 헌터 본인의 신체 능력은 그리 대단하지 않다고 알려져 있지만, 그건 어디까지나 일반적인 헌터의 이야기다.

파츠츠!

라이 룽의 전신이 하미르와 같은 은청색의 비늘로 뒤덮였다.

까아앙!

라이 룽이 휘두른 팔과 바알이 부딪혔다. 무형의 에너지를 모조리 베어내고 먹어치우는 바알이었지만, 신격에 닿은 하미르의 비늘은 베어낼 수 없었다. 라이 룽은 은밀히 펼친 손을 카르파고에게 향했다.

쿠오오!

라이 룽의 손바닥에서 마력이 응집되었다.

'브레스!'

쫘아앙! 약식의 브레스가 카르파고와 충돌했다.

전신에 두른 오러실드 덕에 대미지는 거의 들어오지 않았지만, 카르파고의 얼굴이 분노로 일그러졌다.

"개 같은 년이!"

"주둥이에 걸레 물었냐?"

라이 룽이 그렇게 내뱉었을 때.

'지금이군.'

연리운은 빠르게 상황을 판단했다. 조금 전까지는 카르파고와 함께 백현을 공격했으나, 상황이 변했다. 용성군의 사도가 개입해 카르파고를 공격하기 시작한 이상, 연리운도 행동을 달리해야 했다. 카르파고에게 의리 따위는 없었으니, 그와 힘을 합쳐 용성군의 사도와 맞서는 것은 미련한 짓이었다.

[죽여라!]

여전히 그의 머릿속에서는 무령이 고함을 질렀다. 하지만 연리운은 그 외침을 무시했다.

"어쩔 수 없는 일입니다."

연리운은 그렇게 변명하면서 슬며시 몸을 뒤로 뺐다.

여기선 물러서야 했다. 라이 룽을 죽인다 해도 카르파고와 싸워야 하고, 카르파고를 죽인다 해도 라이 룽과 싸워야 한다. 그 과정에서 치명상을 입지 않으리란 보장은 없었으니, 철혈궁의 미래를 위해서라도 물러서야 했다.

유마가 죽었다는 것. 그의 죽음이 유기나 제종과 같은, 바라 마다치 않던 명예로운 죽음이 아니라는 것이 더더욱 연리운의 가슴을 쓰리게 만들었다. 이걸로 철혈궁의 사신장은 연리운 하나밖에 남지 않게 되었다. 하지만 그 복수를 위해 이곳에 남는 것은 미련한 짓이었다.

[가게?]

물러서던 연리운의 머릿속에 백현의 전음이 울렸다. 그는 흠칫 놀라 백현을 보았다.

카르파고와 라이 룽이 격돌하는 곳에서 백현이 연리운을 쳐다보고 있었다.

연리운이 뭐라고 대답하기도 전에 백현은 단전에 남은 모든 내공을 쥐어짰다. 연리운의 두 눈에 경악이 실렸다.

'설마 저런 몸으로 덤벼 올 줄이야!'

경악한 것은 연리운뿐만이 아니었다.

"또라이 새끼!"

카르파고는 라이 룽과 하미르를 동시에 상대하느라 뒤를 돌아볼 여력이 없었지만, 그렇게 내뱉을 수밖에 없었다. 그가 생각하기에도 지금 백현의 행동은 이해가 안 되는 미친 짓이었다.

라이 룽조차도 카르파고의 외침에 동감했다. 그녀는 어안이 벙벙한 표정을 지으며 내달리는 백현의 등을 보았다.

'저길 왜 가는 거야?'

여기서 카르파고와 연리운을 죽여 버리겠다는 생각은 하지 않았다. 라이 룽이 하고자 한 것은 상황을 더욱 난전으로 이끈 뒤, 틈을 보아 백현과 함께 도망치려는 것이었다. 하미르의 능력으로 공간을 뛰어넘는다면 카르파고로서도 쫓아올 수 없을 테니까.

그런데 대체 왜, 저런 상처를 입었으면서 연리운에게 덤벼든단 말인가?

하지만 백현을 신경 쓸 겨를이 없는 것은 라이 룽도 마찬가지였다. 같은 사도와 싸우는 것은 라이 룽도 처음이었기에 긴장해야 했다.

뒤로 물러서던 연리운은 표정을 굳히고서 오른손을 머리 위로 뻗었다. 천마신공이 다시 운용되면서 연리운의 오른손에 새빨간 빛이 모였다.

여기서 망설일 틈 따위는 없었다. 그가 해야 할 일은 최대한 빠르게 이곳에서 벗어나는 것이었다.

천마파멸격(天魔破滅擊).

연리운의 주먹이 허공을 때렸다. 유리창을 주먹으로 갈긴 것 같은 균열이 공간에 좌악 퍼졌다. 꽉 쥐어 내지른 주먹을 비틀자, 퍼져 나간 균열이 모이며 어마어마한 힘이 한 곳에 응집되었다. 연리운은 그 즉시 왼쪽 허리에 붙인 일장을 앞으로 내질렀다.

쫘아앙!

모였던 힘이 폭발하며 백현에게 쏘아졌다.

대단한 이유나 미련이 있었던 것은 아니다. 그냥, 이대로 보내고 싶지 않았다. 본래 이곳에서는 백현과 연리운 둘만이 싸우고 있었다. 다 같이 싸우는 것도 굉장히 재미있었지만, 연리운과 아직 승부가 나지 않았다는 것이 가슴에 걸렸다.

'이기거나, 지거나.'

적어도 그 둘 중 하나는 정해져야 마음이 편할 것 같았다. 그래, 이유는 그것으로 충분했다.

백현은 덮쳐오는 천마파멸격의 힘을 마주하면서 양팔을 펼쳤다. 그는 뭉개진 주먹을 억지로 펼치며 내공을 끌어냈다.

내상으로 배배 꼬인 기혈에 내공이 노도처럼 흘렀다. 꼬인 기혈이 강제로 뚫리면서 끔찍한 통증이 동반되었다. 몸 곳곳의 상처에서 피가 울컥거리며 흘렀지만, 백현은 내공을 멈추지 않았다. 어렴풋이 느끼기만 할 뿐, 제대로 실감하지 못했던 벽. 그것이 바로 앞에 있었다.

'여기서 그만해서는 안 돼.'

드디어 벽을 마주하게 되었는데, 제대로 한 번 부딪쳐 보지도 않고 보내고 싶지 않았다. 지금 여기서 멈추고 싶지 않았다. 무도(武道)에는 끝이 없고, 백현은 아직 무(武)가 무엇이라 명확히 정의할 수 없었다. 애초에 그것에 정의가 필요한가? 백현은 의식이 아득해지는 것을 느꼈다. 고통이 너무 심해서?

'아냐.'

파천신화공이 사성에서 오성이 되었을 때 느낀, 무아(無我)

와는 다른 의식의 해방감. 백현이 인지하는 세상이 정지했다. 멈춘 것은 그의 육체 또한 마찬가지였지만, 이 순간에 백현의 의식은 육체를 뛰어넘어 있었다.

'부순다.'

백현의 양손이 앞으로 향했다.

'벽'이라는 것은 결국, 자기 자신이 정해놓은 한계에 지나지 않는다. 마주한 한계는 그를 절망시키는 것이 아니라 더 나아갈 곳이 있음을 실감시켜 주는 것이었다. 그것을 맞닥뜨려 부순다면 더 앞으로, 먼 곳으로 갈 수 있다.

그러니 부숴야만 했다.

나 자신의 한계를 부수던가, 내가 부서지든가.

이깟 것에 부서져 버린다면.

'내가 그 정도밖에 안 되는 새끼였다는 거지.'

백현의 손이 공간을 쥐어뜯었다.

파천(破天).

백현이 진정 부수고 싶은 것은, 벽이 아닌 하늘이었다.

To Be Continued

Wish Books

나는 될 놈이다

글쓰는기계 게임 판타지 장편소설
WISHBOOKS GAME FANTASY STORY

판타지 온라인의 투기장.
대장장이로 PVP 랭킹을 휩쓴 남자가 있다?

"아니, 어디서 이런 미친놈이 나타나서……."

랭킹 20위, 일대일 싸움 특화형 도적, 패배!

"항복!"

'바퀴벌레'라고 불릴 정도로
끈질긴 생명력을 가진 성기사조차 패배!

"판타지 온라인 2, 다음 달에 나온다고 했지?"

평범함을 거부하는 남자, 김태현!
그가 써내려가는 신개념 게임 정복기!